햇빛 마중

# 햇빛 마중

문진영 짧은 소설

박정은 그림

마음산책

## 문진영

2009년 제3회 창비장편소설상을 수상하며 등단했다. 장편소설 『담배 한 개비의 시간』과 소설집 『눈속의 겨울』을 펴냈다. 2021년 단편 「두 개의 방」으로 김승옥문학상 대상을 수상했다.

# 햇빛 마중

1판 1쇄 인쇄 2022년 10월 30일
1판 1쇄 발행 2022년 11월 5일

지은이 | 문진영
그린이 | 박정은
펴낸이 | 정은숙
펴낸곳 | 마음산책

편집 | 성혜현 · 박선우 · 김수경 · 나한비 · 이동근
디자인 | 최정윤 · 오세라 · 차민지
마케팅 | 권혁준 · 권지원 · 김은비
경영지원 | 박지혜

등록 | 2000년 7월 28일(제2000-000237호)
주소 | (우 04043) 서울시 마포구 잔다리로3안길 20
전화 | 대표 362-1452 편집 362-1451    팩스 | 362-1455
홈페이지 | www.maumsan.com
블로그 | blog.naver.com/maumsanchaek
트위터 | twitter.com/maumsanchaek
페이스북 | facebook.com/maumsan
인스타그램 | instagram.com/maumsanchaek
전자우편 | maum@maumsan.com

ISBN 978-89-6090-778-2  03810

* 책값은 뒤표지에 있습니다.

이렇게 종종 햇볕 아래
아무 생각 없이 늘어진 채로,
내 안에 어떤 온기 같은 것을
잔뜩 저장해두었어도 좋았을걸.
그랬다면 좀 산뜻하고 보송보송한 사람이 되었을지도.

일러스트레이터 박정은 작가님과 나는 13년 전 가을, 일본 도쿄의 한 게스트 하우스에서 만났다. 4인실에 투숙객이 우리 두 사람뿐이었다. 낯선 이와 그렇게까지 편안하게, 빠르지만 빠르다고 느껴지지 않는 속도로 가까워진 경험은 나로서는 처음이었다. 약 일주일간 따로 또 같이 여행한 후 나는 호주로 떠났고, 정은 작가님은 한국으로 돌아갔다.

이듬해 여름, 나는 등단작 『담배 한 개비의 시간』을 썼다. 첫 책의 표지 일러스트를 정은 작가님이 그려주었다. 이후 10년 만에 나온 두 번째 책도. 그간 정은 작가님 역시 네 권의 책을 세상에 내놓았다. 서로의 궤도가 겹친 그날 이후로 지금까지 우리는 서로의 날들을 곁에서 지켜보며, 응원하며 지내왔다.

『햇빛 마중』은 작가님과 내가 처음부터 끝까지 온전히 함께 해낸 작업이기에 더욱 의미가 깊다. 2020년 한 해 동안 우리는 '이상한 계절 프로젝트'라는 이름으로 온라인에 글과 그림을 연재했다. 내가 원고지 10매 내외의 짧은 소설을 쓰면, 정은 작가님이 그것을 읽고 떠오르는 이미지를 그렸다.

서로에게 작업물을 건네주고, 건네받고 하는 과정은 탁구공이 네트를 똑딱똑딱 넘나들 듯 경쾌했다. 꽤 괜찮은 랠리였다.


여기, 두 사람이 나란히 서 있다. 그들 위로 햇볕이 내리쬐고, 바람이 지나간다.

이번에는 소나기가 내려 모두 홀딱 젖었다고 하자.

동시에 비를 맞아도 두 사람은 다르게 젖을 것이다.


계절은 모든 인간을 각기 다른 모양으로 지나간다. 인간은 누구나 고유한 방식으로 이상하니까. 계절은 한 사람 한 사람을 통과하며 낯설게 아름다워진다. 프리즘을 경유한 빛처럼, 경계를 가늠할 수 없을 정도로 무수하게 다채로운 빛깔로.

내가 소설을 읽고 쓰는 까닭도 거기 있는 것 같다. 어떤 시공간에 놓여 있는 한 사람의 마음을 들여다보는 게 좋아서. 삶에서든 글쓰기에서든, 무디고 참을성 없는 내게 그건 여간 어려운 일이 아니지만 그래서 또 해볼 만한 일이다.

당신은 지금 어떤 계절을 지나고 있습니까. 괜찮은가요.

가만히 물어보는 일. 그리고 귀를 기울이는 일.

그러는 동안 나는 마치 햇빛을 마중하러 가는 듯한 마음이 된다. 한참을 귀 기울이다 보면 비로소 누군가의 마음이 어렴풋하게 모양을 드러내니까. 밤하늘이 서서히 밝아지듯이.

마음산책 편집부와 책 작업에 시간을 보태주신 모든 분께 감사드린다. 나의 고양이 뚜루뚜뚜에게 이 책을 바친다.

2022년 가을

문진영

차 례

# 너무 좋은 사람

## 한낱 사람으로 우두커니

## 계절은 우리와 관계없이

## 우리는 우리의 궤도를 따라

너무 좋은 사람

# 토마토와 선인장

토마토 님과 다시 만난 것은 우연이었다. 지난 수요일, 점심을 먹으러 동네 순댓국집에 갔을 때였다. 안에 사람이 얼마나 있나 하고 통으로 된 유리창 안을 들여다보는데, 창가에 앉아 있던 토마토 님과 눈이 마주쳤다. 마침 순댓국을 크게 한 숟가락 떠서 입안에 집어넣는 중이던 토마토 님은 토마토처럼 얼굴이 빨개졌다. 그녀는 재빨리 한 손으로 입을 가린 채 내게 고개를 까닥여 인사했다. 나는 다른 곳에 갈까, 잠시 망설이다가 그냥 안으로 들어갔다. 지금 이대로 가버리면 피차 더 민망할 거라고 생각하면서.

토마토 님이 나를 향해 손짓했다. 혼자 왔냐는 물음에 그렇다고 대답하자, 그녀는 잘됐다며 자기 테이블에 함께 앉으라고 했다. 나는 순댓국 하나를 주문하고 토마토 님과 마주 앉았다. 반주 하실래요, 하고 토마토 님이 물었다. 토마토 님은 혼자서 이미 소주병 하나를 거의 다 비워가고 있었다. 한 잔만 할까요, 대답하기가 무섭게 토마토 님은 직원에게 소주잔을 하나 더 달라고 했다. 소주도 한 병 더.

토마토 님을 처음 만난 것은 지난가을, 동네 도서관에서였다. 그때 나는 은퇴한 지 반년쯤 되어가고 있었다. 시를 한 편 써보는 게 평생의 소원이었다. 예전에 나는 매일 출퇴근길에 지하철을 기다리면서, 스크린도어에 붙어 있는 짧은 시들을 읽어보곤 했다. 개중에 어떤 시를 보면 이 정도는 나도 쓰겠다 싶은 생각이 들곤 했던 거다. 하지만 막상 빈 원고지 같은 하루가 주어지자 시 쓰기는커녕 무엇을 하며 시간을 보내야 할지 막막하기만 했다. 동네 도서관에서 책을 몇 권 빌려 읽으며 소일했다. 그러던 어느 날 도서관 엘리베이터 안에 붙어 있는 평생

교육센터 가을 강좌 포스터를 보았다. 수십 개의 강좌명 중 '시 쓰기 테라피'라는 이름이 눈에 띄었다. '테라피'라는 단어가 미심쩍기는 했지만 어쨌든 그 수업을 신청했다.

매번 자작시를 쓴 그 자리에서 발표하는 수업이었다. 발표를 마치면 돌아가면서 감상을 한마디씩 말한다. 그런데 피차 쑥스럽고 민망하니까, 서로 별명을 부르는 게 어떻겠냐는 게 강사의 제안이었다. 자신의 별명을 지어서 이유와 함께 발표하는 것이 첫째 날 우리에게 주어진 과제였다. 대신 추상적인 단어가 아니라 실재하는 사물 중에서 하나를 골라야 했다. 그렇게 하는 것 자체가 시 쓰기 연습이 될 거라고 강사는 말했다.

수업을 듣는 사람들은 꽤 나이대가 높았다. 가장 젊은 축이 사십대 초반쯤으로 보였다. 맞은편에 앉아 있던 여자는 내 또래처럼 보였는데, 긴 머리를 하나로 틀어 올린 채 곧은 자세로 앉아 있었다. 아직 햇살이 따끈한 가을인데도 두꺼운 목도리를 둘둘 감고 있어서 더 눈에 들어왔다. 자기 차례가 돌아왔을 때 그녀는 자리에서 일어나, 자신의 별명을 토마토라고 소개했다.

실은 사투리 짙은 말투로 '도마도'라고 했다. 갑자기 그녀가 친근하게 느껴졌다.

그녀는 말했다, 자신이 '도마도'인 이유는, '토마토'는 앞으로 읽어도 토마토, 거꾸로 읽어도 토마토이기 때문이라고. 그렇게 앞뒤가 똑같은 사람이 되고 싶다고 했다. 또, 토마토가 채소라고 하기에도 과일이라고 하기에도 애매한 것처럼, 자신 역시 그렇게 한 가지로 정의되지 않는 사람이 되고 싶다고도 했다. 귀밑머리가 희끗한 사람이 그렇게 되고 싶다, 고 말하는 게 좋아 보였다. 나를 포함해 다들 나는 이렇고 이런 사람이라고, 이렇게 살아왔고 그래서 이렇게 되었다고 했지 다른 게 되고 싶다는 꿈 같은 건 더는 꾸지 않고 있었으니까.

내 별명은 '선인장'이었다. 거실에다 커다란 선인장을 여러 개 키우고 있다고, 만지지만 않으면 키우기에 제법 괜찮다고 말했다. 나는 낯을 가리는 사람이지만 적당한 거리를 유지하면 괜찮다는 뜻으로 말한 거였는데 그렇게 알아들은 사람이 있기는 할까 싶었다. 쉬는 시간이 되자 사람들은 옆자리에 앉은 이들과 자연스럽게 대화를 나누기 시작했다. 나는 누군가 말을 걸어올까 싶어 약간 긴장했으나 그런 일은 없었다. 나는 어렸을 때부터 줄곧 사람들 사이에서 그런 기분을 느끼곤 했다. 넓은 바다 한가운데 섬처럼 홀로 떠 있는 기분.

그때 토마토 님과 눈이 마주쳤다. 토마토 님은 살짝 웃더니 자리에서 일어났다. 그리고 곧장 내게 다가와 물었다. 자판기 커피를 마시러 가겠느냐고. 나는 그러겠다고 했다. 토마토 님은 아까 내 얘기가 무슨 뜻인지 이해한 걸까. 그녀는 내게 나이가 몇인지, 가족은 있는지, 뭘 해서 먹고 사는지 그런 것은 일절 묻지 않았다. 우리는 연락처도 나누지 않았다. 하지만 쉬는 시간마다 커피만은 함께 마셨다. 그럴 땐 주로 날씨 이야기를 했다. 오늘은 공기가 나쁘네요. 은행잎이 물들기 시작했네요. 이 비가 지나가면 겨울이 오겠네요. 그런 이야기를 하다가, 침묵. 꽤 편안한 침묵이었다.

가을 학기 동안 내가 쓴 시는 말 그대로 엉망이었다. 사실 거기 모인 사람들이 쓴 시 전부가 그랬다. 하지만 강사는 무조건 잘했다고 했다. 서로 감상을 말할 때도 좋은 점만 말하라고 했

21

다. 이렇게 해서는 아무것도 배울 수 없는 기 아니냐고 누군가 항의하자 강사는 미소 띤 얼굴로 말했다. 여기 모인 분들, 이제껏 살아오면서 누군가의 비판, 충고, 지겨울 만큼 들어오지 않았나요? 지금 이대로 충분해, 이대로 좋고 너다워, 그런 얘기는 몇 번이나 들어봤나요? 강사의 질문에, 항의한 남자는 얼굴이 벌게져서는 아무 말도 하지 않았다.

강사는 이어서 말했다. 자신은 다른 사람의 시에서 좋은 점을 찾아내는 것이 시 쓰기에서 가장 중요한 훈련이라고 생각한다고. 이 시간이 여러분들에게 아주 안전하게 느껴졌으면 좋겠습니다. 강사가 덧붙였다. 그의 얘기를 들으니 '테라피'란 단어를 괜히 붙인 게 아니구나 싶었다.

아닌 게 아니라 그랬다. 초등학생이 쓴 일기 같은 걸 시랍시고 써서 읽다 보면 읽는 사람도 듣는 사람도 웃음이 터지기 일쑤였다. 결코 비웃는 건 아니고 동병상련, 역지사지의 웃음이랄까. 그러면서 당연하게도, 아이의 일기에서 어떤 반짝거림을 발견하게 되는 순간이 있듯이 우리는 상대방의 시에서 결국에는 멋진 것을 한두 가지쯤은 꼭 찾아내고 마는 것이었다. 그리고 그 멋진 걸 쓴 누군가보다도 그걸 발견한 나 자신을 더 흐뭇해하는 것. 그런 게 일종의 테라피였던 걸까.

종강 난에도 토마토 님과 나는 커피를 함께 나눠 마시고 헤어졌다. 그게 마지막이었지만 오늘이 마지막이군요, 이런 얘기 같은 건 하지 않았다. 또 보자는 말도 안 했고. 그 말을 했어야 했는데, 연락처를 물었어야 했는데. 그런 생각이 밥을 먹다가도, TV를 보다가도 불쑥불쑥 떠올랐지만 이미 늦었다는 생각이 곧바로 뒤따라왔다. 학기가 끝난 후로 나는 시를 한 편도 쓰지 않았다.


나는 순댓국에 밥을 통째로 집어넣었는데 토마토 님은 밥을 말지 않고 따로 놓고 먹었다. 나는 순댓국에 다대기를 잔뜩 풀었고, 토마토 님 순댓국엔 고춧가루 하나 없었다. 점심은 거의 혼자 먹는다고, 아니, 거의 모든 끼니를 혼자 먹는다고 마주 앉은 토마토 님이 말했다. 나도 그렇다고 대답했다. 이제는 아주 간단한 거라도 요리란 걸 하기가 싫어요. 토마토 님이 말했다. 그래서 요일마다 가는 식당이 정해져 있다고. 낮에도 반주를 곁들일 수 있는 곳. 메뉴가 심플해서 고르는 네 품이 들지 않는 곳. 나는 동의했다. 맛은 먹을 만하다 싶으면 오케이, 사장님이나 직원이 말이 많지 않아야 하는 건 필수. 나는 고개를 끄덕였다.

앞으로의 수요일마다 도서관 대신 이곳에서 만납시다.
그러다 혹시 상대방이 나타나지 않으면 안부를 물어줍시다.
낮술로는 소주 딱 한 병만 나눠 마시기로 합시다.

그런 얘기는 하지 않았고, 대신 나는 토마토 님 앞에 내 휴대폰을 슥 내밀었다. 토마토 님은 주저하는 기색 없이 그것을 받아, 자신의 휴대폰 번호를 입력했다. 토마토 님, 하고 저장했다. 우리는 소주잔을 부딪혔다.

# 미소를 기다리며

미소는 늦는다네요.

승태 씨가 말했다. 미소는 언제나 늦었다. 미소가 늦는 것은 매번이라서 새로울 것도 없었다. 그런데도 승태 씨가 미소를 타박하는 것을 나는 단 한 번도 보지 못했다.

저기 앉아 있을까요?

내가 지하철 역사 안 의자가 놓여 있는 쉼터를 가리키자 승태 씨는 그러죠, 하고 나보다 먼저 걸음을 옮겼다.

낮잠 자다가 제 전화 받고 깬 모양이에요.

승태 씨가 말했다.

미소와 미소의 남자 친구 승태 씨 그리고 나, 이렇게 세 사람은 주말이면 종종 만나 술을 마시곤 했다. 두 사람이 사귀기 시작한 지 이제 1년 남짓 되었다. 미소가 둘의 데이트에 나를 자꾸 부르는 건 위태로운 조짐이 아닌가 싶기는 했지만 셋이 만나면 꽤 즐거운 편이라 나도 마다하지 않았다. 하지만 승태 씨와 단둘이 남겨지면 할 말이 없었다. 주로 미소가 이렇게 약속에 늦을 때나 화장실에 가서 한참 동안 나타나지 않을 때였다. 미용실에 가는 것이 귀찮다는 이유로 그간 거의 장발이었던 승태 씨가 머리를 깔끔하게 자른 것을 보고 이발을 했느냐고 물어보려다가, 지나친 관심인 것 같아 그만두었다.

그때 승태 씨가 자신의 에코백에서 뭔가를 주섬주섬 꺼냈다. 기다리는 동안 이걸 좀 할까 하는데, 승태 씨가 말했다. 승태 씨의 손에는 빨간색 털실 뭉치와 작은 뜨개바늘에 매달린 네모난 뜨개 조각이 있었다.

그게 뭐예요?

모자예요. 아기 모자.

승태 씨가 능숙하게 손가락을 움직이기 시작했다.

제가 후원하는 단체에서 신생아들이 저체온으로 죽는 걸 방지하려고 매해 모자 뜨기 캠페인을 해요. 벌써 세 개째랍니다.

나는 승태 씨의 손놀림을 입을 헤 벌리고 바라보았다. 승태 씨는 뜨개질을 계속했고, 나는 그런 승태 씨를 계속 쳐다보고 있기가 뭣해서 휴대폰으로 SNS 피드를 들여다보기 시작했다. 한참을 그러고 있는데, 미소에게서 전화가 왔다. 지하철 대신 택시를 타고 술집으로 바로 오겠다는 거였다.

그럼 우리도 슬슬 걸어갈까요?

승태 씨가 말했고 나는 고개를 끄덕였다. 승태 씨는 뜨개질감을 가방에 도로 조심스레 집어넣었다.

우리는 지하철역 출구로 올라가는 에스컬레이터를 탔다. 승태 씨가 내 앞에 서 있어서 눈높이에 그의 등이 보였다. 검은 티셔츠에 고양이 털이 잔뜩 붙어 있었다.

고양이들은 잘 있어요? 이름이 뭐라고 했더라.

내가 묻자 승태 씨가 내 쪽으로 고개를 기울이고 말했다.

쿠쿠다스요. 쿠쿠, 다스.

이미 알고 있었지만 한 번 더 듣고 싶어서 물어보았다. 예전에 승태 씨가 진지한 얼굴로 '쿠쿠, 다스'하고 말하던 게 재미 있었다. 이번에도 역시 슬그머니 웃음이 났다. 역을 빠져나가 자마자 두 사람이 양쪽에서 동시에 우리에게 전단지를 내밀었 다. 나는 손을 내밀지도 않고 능숙하게 슥 몸을 피했는데 승태 씨는 전단지를 두 손으로 공손히 받았다. 그리고 걸으면서 전 단지를 차곡차곡 접어 딱지 모양으로 만들었다.

전 안 받았는데.

어쩐지 민망스러운 기분이 들어 내가 그렇게 말하자 승태 씨가 대꾸했다.

제가 예전에 전단지 아르바이트를 했었거든요. 바로 버리더 라도 받아주면 그게 그렇게 고맙더라고요.

승태 씨는 딱지 모양으로 접은 전단지를 또다시 에코백 안 에 집어넣었다.

신생아들을 위한 모자를 뜨고, 길에서 구조한 고양이 두 마 리를 키우는 사람. 전단지를 두 손으로 건네받아 가방에 고이 집어넣는 사람. 언젠가 미소가 말했다. 승태 씨와 계속 만날 수 있을지 모르겠다고. 좋은 사람이지 않냐고 내가 대꾸하자, 그가 너무 좋은 사람이라서 자신이 어딘가 부족하게 느껴진다고, 그런 비뚤어진 마음을 계속 견딜 수 있을지 모르겠다고 말했었다. '너무 좋은 사람'이라는 말은 묘했다.

역 주변은 주말을 즐겨보려는 사람들로 가득해서 우리는 인파를 헤치며 걸었다. 내가 사람들에게 떠밀려 뒤처질 때마다 승태 씨는 멈춰 서서 나를 기다려주었다. 그러다 눈이 마주치자 해사하게 웃었다. 그 순간 왠지 마음 한구석이 저릿했는데 누군가의 무해함이 다른 누군가에게 상처를 줄 수도 있다는 모순적인 생각이 들었기 때문이다. 그리고 그건 그 누구의 잘못도 아니니까. 그게 왠지 슬펐다.

만나기로 한 치킨집에 도착했지만 역시 미소는 없었다. 그냥 앉아 있기가 뭐해서 미소가 좋아하는 마늘간장치킨을 시켰다. 금방 오겠죠, 승태 씨가 말했다. 하지만 나는 자꾸 미소가 나타나지 않을지도 모른다는 생각이 들었다. 그럼 우리는 무슨 이야기를 해야 하지. 우리는 앞으로 몇 번이나 더 함께 미소를 기다리게 될까.

승태 씨는 또다시 뜨개질감을 꺼냈고 나는 벽에 붙어 있는 텔레비전 화면을 멍하니 바라보았다. 문에서 딸랑, 하는 소리가 날 때마다 우리는 동시에 문 쪽을 돌아보았다. 미소가 아니었다.

# 구 여친 클럽

올봄에 결혼한다는 친구를 만나 청첩장을 받고 돌아오는 길이었다. 나는 이어폰을 꽂은 채 버스 뒷자리에 앉아 창밖을 내다보고 있었다. 유난히 따뜻한 겨울, 한참 동안 눈도 비도 내리지 않아 거리의 풍경은 바싹 메말라 보였다. 무심코 고개를 돌렸을 때, 그녀를 보았다. 검은 코트를 입은 여자는 버스 손잡이를 붙잡은 오른팔에 머리를 기대고 서 있었다.

이름이 지은이었던가, 지연이었던가. 아무튼 평범한 이름이었다. 오래전, 동아리 친목 모임에 기훈과 함께 왔었다. 그 모임에선 애인을 불러 함께 술을 마시고 시간을 보내는 것이 자연스러웠는데 그녀가 나타났을 때는 어째선지 주변 온도가 조금 낮아졌다.

이유는 알 수 없었다. 엔지 모르게 어두운 표정 때문이었는지, 질문을 받고 대답할 때마다 그녀의 얼굴에 스치던 비웃는 듯한 느낌 때문이었는지. 사람들은 어색해했다. 친화력 갑인 박카스 선배마저 그랬다. 박씨였던 박카스 선배는 잠시만 함께 있어도 피로가 풀린다 해서 박카스였다. 그는 줄곧 그녀에게 말을 걸고, 음식을 권하고, 너스레를 떨었지만 그녀의 반응은 한결같았다. 짧은 대답, 눈 내리깔기, 낮은 한숨 쉬기. 모임이 끝날 때쯤 박카스 선배의 다크서클이 턱까지 내려온 것을 보았다.

지금 눈앞에 서 있는 여자는 그때처럼 표정이 어둡고, 그때보다 더 지쳐 보였다. 그녀가 기훈의 구 여친이 된 후 얼마 가지 않아 나는 기훈과 사귀기 시작했다. 그리고 그 연애가 끝난 지도 벌써 1년이 지나가고 있었다. 새 여친에게 구 여친 이야기를 하는 것은 예의가 아닐 테니, 나는 그때 그 모임에서 그녀가 왜 그렇게 겉돌았는지, 어떤 시기를 지나고 있었는지 그런 이야기는 듣지 못했다. 묻지도 않았다. 그녀를 떠올릴 일 자체가 거의 없었다. 아주 가끔, 기훈과 나란히 침대에 누워 있을 때, 바로 이 자리에 누워 있었을 어두운 표정의 여자를 떠올린 적은 있었다. 기훈이 한껏 자부심을 갖고 있는, 그가 직접 만든 특제 떡볶이를 먹을 때도 가끔은.

구 여친끼리는 친구가 될 수도 있는 거 아닌가. 기훈의 구 여친들이 한꺼번에 모인다면 할 얘기가 많을 것 같았다. 기훈의 집 대청소를 도와줬는데 라이터가 열여섯 개나 나왔다던가, 세월이 흘러도 기훈의 맥주 따르는 실력—거품이 절반 이상이었다—은 조금도 나아지지 않았다는 이야기 같은 것. 외출했다 돌아오면 옷을 훌렁훌렁 벗어 식탁 의자에 걸쳐 두는 버릇—결국 의자가 뒤로 넘어져야만 그제야 옷을 정리한다던가, 평상시엔 온순한 사람이 잠꼬대만 하면 상욕을 해댄다던가, 그런 이야기들을. 기훈은 어딘가에서 귀가 간지러울 것이다. 다만 기훈의 어떤 점이 가장 좋았는지, 내게 어떤 식으로 다정했는지, 유일했는지, 그런 얘기들은 결코 나눌 수 없을 거란 생각도

했다.

여자는 팔에 머리를 기댄 채, 빈자리가 생겨도 앉을 생각을 않고 마냥 서 있었다. 신용카드 회사에서 일한다고 했었는데 여전히 그런지. 기훈과 헤어진 후에는 어떤 사람을 만났고 또 헤어졌는지. 아니면 결혼해서 아이가 둘이나 있는 건 아닌지. 하지만 그 무엇도 여자를 편안하게 만들지는 못한 걸까 싶었다. 비어 있는 옆자리에 여자를 앉히고 싶다는 생각을, 어깨를 빌려주고 싶다는 생각을 했다. 그러다 문득 주변을 둘러보았다. 뒷자리에 앉아 있던 젊은 여자와 눈이 마주쳤다. 그녀가 기훈의 새 여자 친구일 확률은 얼마나 될까, 하는 상상.

몇 달 전, 지하철역 근처에서 우연히 기훈과 기훈의 여자 친구를 보았다. 두 사람은 다정하게 팔짱을 낀 채 내 앞에서 걷고 있었다. 헤어지기는 했지만 같은 동네에 살았으므로 언제든 이런 일이 일어날 수 있을 거라 예상은 했었다. 그럼에도 순간 가슴에 돌덩이 하나가 쿵 내려앉는 느낌이었다. 기훈의 뒤통수는 너무나도 쉽게 알아볼 수 있었고, 단발머리를 한 여자의 뒷모

습은 나와는 조금도 닮지 않은 것 같았다.

기훈은 참 능력도 좋네. 나이가 들수록 누군가를 사랑하게 되기도 쉽지 않은데, 그 누군가도 나와 같은 마음이 되기란 거의 기적 같은 일이 아닌지. 그때 나는 기훈이 문득 고개를 돌려 나를 본다면 어떤 표정을 지을까 궁금하면서도, 절대로 그 표정을 보고 싶지 않다는 생각이 동시에 들었다. 나는 그 자리에 멈춰 섰고, 그들이 멀어져 골목 어귀로 사라질 때까지 가만히 서 있었다. 몇 분 동안 몇 년치를 한꺼번에 늙어버린 기분이었다.

내가 하차 벨을 누르고 문 쪽으로 다가가는 동안에도 지은인지 지연인지 하는 여자는 나를 쳐다보지 않았다. 교통카드를 가져다 대려는데 다른 손이 불쑥 나타났다. 손이 스치는 순간 찌릿, 하고 정전기가 일었다. 나는 깜짝 놀라 손의 주인을 쳐다보았고, 손의 주인도 나를 보았다. 우리는 동시에 웃었다.

하지만 순전히 정전기 때문이었지, 그녀는 나를 알아보지는 못한 것 같았다. 버스가 멈춰 섰다. 내가 먼저 내렸고, 그녀가 뒤따라 내렸다. 나는 조금 걷다가 뒤를 돌아보았다. 검은 코트의 여자가 반대쪽으로 멀어지고 있었다. 나는 한참 동안 그녀의 뒷모습을 바라보고 서 있었다.

# 지민이와 나

솔직히 말해봐. 애인 있지?

없어.

진짜 없어?

아, 없다니까. 몇 번을 말해!

수화기 너머로 깊은 한숨 소리가 들렸다. 평소에는 연애고 결혼이고 별 잔소리를 하지 않던 엄마가 갑자기 애인 타령이었다. 엄마가 말했다.

다음 주까지 하나 만들어볼 순 없겠냐?

이 황당한 요구의 전말은 이러했다. 비엔나 이모의 딸, 그러니까 지민이가 이번 김장 때 결혼할 남자를 데려온다는 것이다. 그게 나랑 무슨 상관인가. 그러나 상관이 없지는 않았다. 한동안 잠잠했을 뿐, 다시 시작된 것이다. 비엔나 이모는 우리 엄마의 초중고 동창이자 제일 친한 친구다. '비엔나'라는 이름의 음악학원을 운영해서 나와 내 남동생은 그녀를 비엔나 이모라고 불렀다.

비엔나에 가본 적 없는 비엔나 이모에게는 나랑 동갑인 딸이 하나 있었는데, 그 애가 바로 지민이었다. 우리는 엄마들처럼 같은 초중고를 나왔다. 같은 반이 된 적도 몇 번 있었다. 알고 지낸 세월로 치면 우리도 엄마들 못지않게 베프가 될 수도 있었다. 그러나 운명은 우리를 그냥 놓아두지 않았다. 그녀는 나의 '엄친딸'이었다. 그리고…… 나도 그녀에게 그러했다.

지민이가 부반장 됐다며? 너는 몇 표나 나왔어? 엄마는 묻는다. 나는 후보에도 오르지 못했다. 하지만 후보는 단 두 명이었고, 지민이는 자기 자신을 후보로 추천했고, 겨우 두 표로 부반장에 당선됐다. 하나는 내 표니까 하나는…… 그렇지만 엄마에게 그런 얘기는 하지 않았다. 시험 성적이 나오면 엄마는 묻는다. 지민이는 몇 등 했다니? 등수는 언제나 내가 지민이보다 몇 등 앞섰다. 그러나 전교로 놓고 보면 우리는 그냥 둘 다 중간에서 겨우 턱걸이였다. 그러나 비엔나 이모는 지민에게 묻겠지. 걔는 몇 등 했다니? 지민이가 사생 대회에서 상을 타오면 엄마는 말한다. 너는 왜 상 못 탔어? 내가 글짓기 대회에 나갔다는 소식이 들리면 비엔나 이모는 지민에게 말한다. 너는 왜 글짓기 대회 못 나갔어? 비록 지민이가 탄 상이 장려상이고 나는 겨우 참가만 했을 뿐인데도, 그런 건 엄마들에겐 아무 상관 없었다.

아, 우리는 궐기하고 싶었다. 우리는 총 쏘는 방법도 모르면서 서로에게 총구를 겨누고 있는 셈이었다. 언젠가 한번은 진지하게 마주 앉아서 엄마들 사이의 통신을 어떻게 단절할 수 있을지에 관해 토론한 적도 있다. 그러나 방법이 없었다. 엄마들은 매일 밤 통화했고 하루걸러 만났다. 마트에서 만났고, 교회에서 만났다. 우리는 버티고 버티다가 대학으로 도망쳤다. 우리는 서로의 연락처를 알았지만 연락은 한 번도 안 했다. 우리는 서로에게서 완전히 끊어지고 싶었다. 그러나 모녀지간의 연을 끊지 않는 이상엔 불가능한 꿈이었다.

바야흐로 김장철이었다. 엄마들은 김장도 매년 함께했는데, 이건 둘이서만 하는 게 아니라 동네 친구들이 다 같이 모여서 했다. 매년 집집마다 돌아가면서 장소를 제공하고, 배추며 젓 갈이며 대량으로 공동구매 한다. 그러니까 그건 단지 김장이 아니었다. 수육도 삶고 막걸리도 마시고 밤이 깊도록 화투도 치고 춤과 노래도 곁들이는, 일종의 축제 같은 거였다. 그 자리 에 지민이가 결혼할 남자를 데려온다? 지민이가 대학에서 교 직 이수를 하고, 임용고시에도 붙어 초등학교 선생이 되었다는 얘기를 들었다. 나는 몇 년째 공무원 시험을 준비하고 있었다. 그 사실만으로도 엄마에겐 뼈아픈 패배일 텐데 결혼할 남자라 니. 그러나 대체 그게 나와 무슨 상관이란 말인가.

김장 당일 아침. 우리 집 마당에는 묘한 긴장감이 흘렀다. 나 만 그렇게 느낀 걸 수도 있다. 아줌마들이 삼삼오오 모여들었

다. 그리고 드디어, 비엔나 이모가 나타났다. 지민이와 그녀의 남자 친구도. 인상이 좋았다.

이쪽은 내 남자 친구야.

내가 말했다. 옆에 서 있는 이 남자는 고시학원에 함께 다니는 녀석인데 수육으로 꾀어 남자 친구로 둔갑시켰다. 결혼할 남자 역할은 도무지 무리라고 해서 1년쯤 사귄 것으로 겨우 합의를 보았다. 어제저녁 녀석과 함께 집에 내려가자 엄마는 구첩반상을 차려놓고 기다리고 있었다. 진짜가 아니라고 몇 번을 말해도 소용없었다.

지민의 남자 친구와 나의 남자 친구 대행은 아줌마들의 등쌀에 시달리며 온갖 무거운 것들을 나르는 와중에 간간이 노래 실력까지 뽐내야 했다. 정오가 가까워져올 때쯤 남자 친구 대행이 나를 마당 구석으로 조용히 불렀다. 영혼까지 탈탈 털린 얼굴이었다. 녀석이 말했다. 수육만으로는 안 되겠다고. 그는 앞으로 일주일간의 점심 식사와 노트 필기 제공을 요구했다. 나는 군말 없이 고개를 끄덕였다.

그때 마당 저쪽 구석에서 낮은 목소리로 대화를 나누고 있

는 지민과 남자 친구의 모습이 보였다. 지민과 나의 눈이 마주
쳤다. 우리는 어색하게 웃었다. 다시 한번 말하지만, 우리는 친
구가 될 수도 있었다.

# 벚꽃 엔딩

날씨가 기가 막히네.

운전석에 앉은 재우가 말했다. 동의를 구하는 건지, 그저 혼 잣말인지 알 수 없어 나는 잠자코 있었다. 차는 마포대교 위를 달리고 있었다. 강물과 하늘은 똑같이 잿빛이었다. 빌딩들의 실루엣이 뿌연 대기 속에 덩어리져 있었다. 나는 창문을 내렸 다. 미지근하고 탁한 바람이 난폭하게 밀려들었다. 잠시 후 재 우가 운전석 쪽에서 버튼을 눌러 창을 닫았다. 차 안은 다시 조 용해졌다. 나는 라디오의 전원을 켰다.

올해로 3년째였다. 함께 여의도로 벚꽃 구경을 가는 것이. 첫

해엔 벗꽃이 안 보였다. 재우만 보였다. 둘째 해엔 벗꽃이 보였지만, 벗꽃보다 사람이 많았다. 그래서 불쾌했다. 올해는 가고 싶은 마음이 전혀 없었다. 그러나 재우는 고집했다. 필시 이 남자는 나를 만나기 전, 누군가와 벗꽃 철이 되면 당연하게 벗꽃을 보러 갔던 것이리라. 쏟아지는 벗꽃 아래 근심 걱정 잊고 활짝 웃어본 적이 단 한 번이라도 있는 것이리라. 그렇지 않다면.

주차장 두 곳은 이미 만원이었다. 우리는 결국 한 바퀴 빙 돌아 윤중로에서 조금 떨어진 주차장에 차를 세웠다. 재우는 트렁크를 열더니 돗자리를 꺼내 오른쪽 어깨에 걸쳤다. 한강 둔치를 따라 조금 걸어야 했다. 이미 많은 사람이 잔디밭에 돗자리와 텐트를 펼쳐놓고 앉아 있거나 누워 있었다. 한 조각의 봄이라도 붙잡아보려 애쓰는 사람들이 딱해 보였다.

말없이 걸었다. 하늘이 어두워지더니 여의나루역을 지날 때쯤, 얼굴 위로 빗방울 하나가 툭 하고 떨어졌다. 재우를 보았다. 그 역시 속눈썹에 떨어진 빗방울을 옷소매로 훔쳐내고 있었다.

비 온다는 얘기는 없었는데.

재우가 울상을 하고 말했다. 빗줄기가 굵어지자 주변이 소란스러워졌다. 중학생으로 보이는 여자아이들 네댓 명이 돗자리를 뒤집어쓰고 뛰어가는 것이 보였다.

우산을 사자.

재우가 가리키는 곳에 멀리 편의점 간판이 보였다. 우리는 그리로 뛰기 시작했다. 다른 사람들 역시 피난민처럼 편의점으로 몰려들었다. 편의점 차양 밑에 나를 세워두고 재우는 안으로 들어갔다. 습한 공기에서 먼지 냄새가 났다. 옷을 너무 얇게 입었다. 나는 어깨를 움츠리고 팔짱을 꼭 낀 채로, 바람이 편의점 앞에 서 있는 커다란 벚나무 가지를 깨 털듯 흔들어 꽃잎을 떨구는 것을 지켜보며 우두커니 서 있었다. 한참 만에 재우가 나타나서 우산이 벌써 다 팔렸다고 말했다.

어떡하지.

재우가 말했다. 길 건너편에 빨간 간판의 중국집이 보였다. 내가 그곳을 손가락으로 가리키자 재우가 물었다.

배고파?

추워.

내가 대답했다.

재작년, 벚꽃 구경을 마친 우리는 인파에 휩쓸려 여의나루 역까지 밀려났고, 허기진 나머지 별 고민 없이 저기 있는 저 중국집에 들어갔다. 작년엔 그때를 추억하며 다시 한번 그곳에서 짜장면을 먹었다.

일단 저기 들어가 있을까?

재우가 그렇게 말하고는 내 대답도 듣지 않고 빗속으로 뛰어들었다. 나도 따라 뛰었다. 그 많던 사람들은 다 어디로 갔는지 보이지 않았다.

중국집 문은 굳게 닫혀 있었다. 문득 생각났다는 듯 재우가 돗자리를 꺼내 머리 위로 펼쳐 들었다. 그러나 우리는 이미 흠뻑 젖어 있었다. 나는 이쯤에서 재우와 눈을 마주치고 하하하, 소리 내서 웃고 싶었다. 하지만 우리는 돗자리를 뒤집어쓴 채, 아무 말 없이 거기 그냥 서 있었다. 빗소리가 다른 모든 소음을 지웠다. 도로변 빗물받이에 벚꽃 잎이 쓰레기와 함께 엉켜 있는 것이 보였다.

# 서쪽으로

　운전을 맡은 재형이 잠깐 자야겠다고 해서 민지 씨와 나는 커피를 마시기로 했다.

　미래적인 느낌으로 지어진 휴게소는 주변 풍경과 어울리지 않았다. 내부가 워낙 널찍해, 사람이 꽤 많았는데도 썰렁해 보였다. 잠시 카드를 들고 옥신각신하다 결국 민지 씨가 커피값을 계산했다. 재형이 결혼하기 전부터 민지 씨는 우리 세 사람과 줄곧 어울려 다녔고, 벌써 6년이란 시간이 지났으니 그녀와 나도 가히 친구라고 할 수 있는 사이였다. 그럼에도 불구하고 어색했다. 커피가 나오기를 기다리는 동안 창밖으로 단풍 물든

산을 바라보며 풍경이 멋지네요, 날씨가 좋네요, 그런 이야기만을 했다.

1년 전, 빌린 양복을 걸치고 장례를 치렀다. 재형과 나는 운구를 맡았다. 한여름이어서 땀이 비 오듯 쏟아졌다. 화장을 마치고 근처 식당에서 기웅이네 가족과 함께 설렁탕을 먹고 있는데, 어느 순간 민지 씨가 울음을 터뜨렸다. 그리고 결국엔 테이블에 앉은 모두가 눈물을 흘렸다. 헤어질 때 기웅의 어머니와 민지 씨는 오랫동안 서로 껴안고 있었다. 장례식장에서 처음 만난 사이인데도.

재형은 아직도 한 달에 한 번쯤은 전화를 걸어 기웅 어머니의 안부를 묻는다. 나는 그렇게까지 하지 못하는 내가 아쉽지만 재형이 있어서 다행이라고 생각한다.


장례식에서 다시 보기 전까지 우리는 기웅 어머니와 딱 한 번 만났는데, 꽤 오래전 일이다. 기웅은 홀어머니와 둘이 살다가 스무 살 때 서울에 있는 대학에 진학했다. 그날 밤, 술을 마시다가 기웅이 엄마가 보고 싶다며 울었고, 그렇게 취한 채로

셋이서 인천까지 걸어간 적이 있었다. 기웅의 집에 도착했을 때는 이미 정오가 가까워 있었다. 우리는 기웅 어머니가 차려 주신 푸짐한 점심상을 허겁지겁 해치우고 여기저기 누워서 잠들었다.

새벽에 눈을 뜨자 또다시 배가 고팠다. 주워 먹을 게 없을까 해서 부엌에 갔더니 한솥 가득 찐 옥수수가 있었다. 멋대로 그걸 집어 들었다. 달고 고소했다. 잠시 후에 재형이 부스스한 얼굴로 나타났고, 곧이어 기웅이 나타났다. 아침에 텅 비어버린 냄비를 보고 기웅 어머니는 기가 막힌다는 듯이 웃으셨다. 그리고 옥수수를 한솥 더 쪄주셨다. 나는 여름이 되면 항상 그때 먹었던 옥수수 맛이 생각난다. 그렇게 맛있는 옥수수는 이후로 다시 먹어보지 못했다.


그땐 이상할 정도로 배가 고팠다. 라면을 세 봉지씩 끓여 먹고, 식빵 한 봉지를 다 뜯어 먹고도 돌아서면 배가 고팠다. 술은 그보다 더 고팠다. 나 말고도 그런 녀석들이 또 있었는데 그게 바로 재형과 기웅이었다. 그렇게 우리는 '배고파'였다. 대학가 주변에 존재하는 알코올의 절반 이상은 우리가 해치웠을 것이다. 그때 탕진한 술값을 모으면 빌딩 한 채를 샀을지도 모른다.

하지만 배고픈 시절은 지나가고, 세 사람 모두 변변한 직장에 다니게 되었다. 적어도 계절에 한 번은 만나 술잔을 기울였고, 1년에 한 번은 휴가를 맞춰 함께 여행을 갔다. 각자 애인을 데려오기도 했다. 재형은 처음부터 민지 씨와 함께였고, 기웅은 해마다 여자 친구가 바뀌었다. 그리고 나는 해마다 혼자였다.

배고파 10주년에는 몽골 여행을 가기로 했었다. 그때는 내게도 누군가가 있을지도, 그래서 여섯이서 지프차를 타고 고비사막을 누빈다면, 사막 한가운데 누워 쏟아지는 별들을 바라본다면. 그렇게 되면 정말 좋겠다고, 우리는 기대에 차서 얘기했었다. 하지만 이제 나는 몽골에는 평생 가지 않아도 괜찮다고 생각한다.

올해 여행도 취소할까 했지만 그렇게 되면 앞으로 계속 그럴 것 같다고 재형이 말했다. 그래서 이렇게 단풍 구경을 나선 것이다. 민지 씨와 기웅은 유난히 죽이 잘 맞았다. 함께 있는 길 보면 사람들이 그 둘이 커플이라고 착각할 정도였다. 지금 기웅이 함께 있었다면 민지 씨는 입가가 아플 정도로 웃고 있을지 몰라. 그렇게 하지 못하는 내가 아쉬웠지만 하는 수 없었다.

그때 재형에게서 전화가 왔다. 막상 눈을 감으니 잠이 안 온다고, 아이스아메리카노를 사 오라고. 민지 씨와 나는 주차한 곳을 찾지 못해 잠시 헤맸다. 단풍 구경은 하고 싶지 않다고 생각했는데, 차에 타자마자 민지 씨가 말했다. 왠지 단풍 구경은 하고 싶지 않다고. 재형이 고개를 끄덕였다. 우리는 차를 돌려 서쪽으로 향했다. 세 시간 정도면 도착하겠지. 갑자기 배가 고팠다.

# 요가원에서

진수를 다시 만난 건 얼마 전 이 동네로 이사한 뒤 새로 다니기 시작한 요가원에서였다.

우리는 '아래를 향한 개 자세'를 하는 중이었다. 엉덩이를 번쩍 들고, 두 손바닥과 발바닥을 바닥에 대고 몸을 지탱하는 것이다. 팔이 후들후들 떨렸다. 그때였다. 뽕, 하는 청명한 소리가 난 것이. 나는 그 소리가 바로 옆에서 났다는 것을 알았고, 워낙 조용한 분위기라 약 스무 명가량의 사람들이 전부 그 소리를 들었을 텐데…… 아무런 반응이 없었다. 물론 반응을 하지 않는 것이 예의겠지. 당신에게도 일어날 수 있는 일입니다.

하지만 나는 나도 모르게 옆 사람의 얼굴을 돌아보았고, 순간 그게 진수라는 걸 알았다. 우리는 대학 시절 같은 과 동기였다. 얼굴에 살이 제법 붙어 있었지만 그래도 한눈에 알아볼 수 있었다. 사람들은 늘 같은 자리를 차지하는 경향이 있어서, 나는 며칠째 똑같은 뒤통수를 보고 있었지만 그게 설마 진수일 줄은 몰랐다. 그 애는 짐짓 태연한 표정을 짓고 있었으나, 나의 시선을 느끼자 그 애도 나를 돌아보았고, 눈이 마주친 순간 우리는 웃어버렸다. 긴장이 풀려 둘 다 자세가 엉망으로 무너졌다. 그래서 또 웃었고, 선생님이 우리에게 쉿, 하고 주의를 주었다.

수련이 끝나자 다들 바쁘게 옷을 갈아입고 요가원을 빠져나가기 시작했다. 나는 엘리베이터 앞에 서 있는 진수의 어깨를 두드렸다. 진수가 놀란 눈으로 돌아보았다. 아까 그렇게 웃고도 진수는 내가 누구인지 못 알아봤던 것이다. 나야. 그러자 진수의 커다란 눈이 더 커졌다.

청수탕?

나는 고개를 끄덕였다. 엘리베이터가 멈추고 문이 열렸다.

사람들이 한 차례 안으로 몰려 들어갔다. 우리는 문이 닫힐 때까지 그냥 서 있었다.

진수에 대해 기억하는 것이 많지는 않다. 머리를 박박 밀고 다녔던 것. 근데 머리통이 예뻐서 그게 잘 어울렸다. 엠티 장기자랑 때 브레이크댄스를 미친 듯이 추었던 것. 2학년 여름방학 때, 혼자 인도 여행을 다녀온 후로 피부가 새까매져서 한 번에 그를 알아보지 못했던 일. 그때부턴 머리를 어깨까지 길러 하나로 묶고 다녔다. 그것도 꽤 잘 어울렸다. 말이 많지는 않았지만 촌철살인 농담으로 사람들을 웃게 했고, 특별히 친한 사람은 없었지만 누구와도 두루두루 잘 지냈다. 나와도 그런 정도의 사이였다. 아니, 실은 내가 좀 좋아했다. 표현한 적은 없었지만.

입학하고 얼마 되지 않았을 때의 일이다. 나는 대학 시절 캠퍼스 끄트머리에 있는 기숙사에 살았는데, 제법 언덕을 오르내려야 하는 곳이었다. 언덕 밑에는 '청수못'이라고 불리는 작은 연못이 하나 있었다. 하지만 그 연못은 청수淸水는커녕 목욕

하고 난 물처럼 더러워서 다들 '청수탕'이라고 불렀다. 수업 들으러 가는 길이 꽤 고돼서, 나는 전기 자전거 하나를 중고로 장만했고…… 처음으로 그 자전거를 타고 언덕을 내려가던 순간 깨달았다. 브레이크가 고장 났다는 걸.

나는 그대로 언덕 밑으로 질주했다. 사람들을 피하려고 핸들을 꺾었다. 그러곤 연못 주변에 쳐 놓은 나무 울타리를 들이받고 그대로 날아가서는, 청수탕에 입수했다. 나는 수영을 할 줄 몰라 그 더러운 물을 삼키며 허우적대고 있었고, 여기서 이렇게 죽는다면 너무나 창피할 거라는 생각을 하는 와중에…… 누군가 물속으로 뛰어들었다.

진수였다.

그러나 허무하게도, 키가 큰 진수에게는 연못 물의 높이가 어깨 정도밖에 오지 않았다. 그는 물을 가르며 내게로 저벅저벅 걸어와서, 허우적거리는 나를 물 밖으로 끌어냈다. 사람들이 무리 지어 서서 우리를 구경하고 있었다. 나는 그대로 다시 청수탕에 뛰어들어 깊이깊이 가라앉고 싶은 심정이었다.

다친 곳은 하나도 없었지만, 나는 그때부터 '청수탕 다이버'

로 불렸다. 신입생 중 별로 눈에 띄지 않는 존재였던 내가 졸지에 유명 인사가 되었다. 그렇다고 해서 그 사건 이후로 진수와 특별히 더 가까워진 건 아니었다. 그저 두루두루. 3학년 때 진수는 군대에 갔고, 나는 그 애가 돌아올 무렵 학교를 졸업했다.

맥주 한잔 할래?

진수가 말했다. 우리는 요가원 가까이에 있는 맥줏집으로 들어갔다. 진수는 생맥주 두 잔과 감자튀김 라지 사이즈를 주문했다. 진수가 말했다. 요가를 시작한 지는 벌써 6개월이 되었는데, 끝나고 여기서 꼭 맥주 한 잔을 마신다고. 그게 너무 기쁜데, 그래서 예전보다 살이 더 쪄버렸다고. 나는 웃었다. 진수가 내게 무슨 일을 하느냐고 물어서 나는 작은 인테리어 회사에서 회계 업무를 본다고 대답했다. 그러자 진수는 모 주류 회사에서 영업사원으로 일하고 있다고 했다. 그 얘기에 나는 조금 실망했다. 나는 그 애가 남들과는 좀 다른 일을 하면서 살고 있을 줄 알았다. 독립적이고, 착하고, 개성 있는 사람이었으니까. 그때 진수가 말했다.

너는 나 같은 사람이랑은 좀 다르게 살 줄 알았는데.

나는 그 말을 듣고 깜짝 놀라 대꾸했다.

내가? 이렇게 다르게?

내가 묻자 진수가 잠시 머뭇거리더니 말했다.

음, 뭐랄까, 유튜버 같은 거?

풉, 하고 웃음이 터졌다. 어째서 그렇게 생각했냐고 물었다.

넌 뭐랄까…… 웃기니까.

내가 웃겨?

그런 소리는 태어나서 처음 듣는 것 같았다.

너 그랬잖아. 그날도 졸라 웃었잖아.

진수가 말했다.

난 그때 생각했지. 얘는 이 상황에서 어떻게 이렇게 웃지?
나 같으면 물에 다시 뛰어들고 말았을 텐데, 하고.


그날, 뭍으로 빠져나왔을 때 진수가 나를 보고 괜찮냐고 물
었다. 그랬다. 분명 좀 전까지 나는 어딘가로 숨고 싶었는데, 진
수의 얼굴을 보니 어째서인지 웃음보가 터졌다. 내가 웃자 진

수도 따라서 웃기 시작했다. 머리부터 발끝까지 쫄딱 젖어서는, 거의 숨이 넘어갈 것처럼 헉헉거리며 웃었다. 그렇게 웃어본 것은 살면서 처음이자 마지막이었다. 그렇게 많은 웃음소리를 들었던 것도. 걱정되어 지켜보던 사람들조차도 웃기 시작했으니까.

만약 진수가 그때 연못으로 뛰어들지 않았다면, 함께 흠뻑 젖어주지 않았다면, 마주 보고 웃어주지 않았다면…… 나는 나를 놀리는 선배들의 농담에 매번 어쩔 줄 몰라 했을지도. 결국에 나는 그 무엇도 웃어넘길 줄 모르는 사람이 되고, 어쩌면 지금과는 완전히 다른 삶을 살았을지도 모른다는, 그랬을지도 모른다는 생각을 했다.

그리고 새삼 깨달았다. 스무 살의 내가 진수를 왜 좋아했었는지. 진수에게 말해주고 싶었다. 너는 방귀 소리조차 예쁜 사람이라고.

# 두 바퀴 돌아서 제자리

우리는 호주 시드니 외곽에 위치한, 청소일을 하는 워홀러들이 열 명 남짓 모여 사는 숙소에서 룸메이트로 처음 만났다. 그녀의 캐리어 속엔 열 종류가 넘는 스냅백과 네 켤레의 하이 톱 운동화가 들어 있었다. 그녀는 그것들을 "어이구 내 새끼" 하고 부르며 하나씩 꺼내어 쓰다듬은 뒤, 매장에서 디스플레이하듯 선반 위에 올려놓았다. 가져온 신발이라곤 스니커스 한 켤레가 전부인 데다, '스냅백'이라는 단어를 그날 처음 들어본 나로서는 그녀가 그녀의 신발들과 대화하는 모습을 그저 넋 놓고 바라볼 뿐이었다.

그녀는 나보다 세 달 징도 앞서 호주에 들어왔다. 열심히 일해서 돈을 모은 뒤에 아르헨티나에 가서 탱고를 배울 거라고 했다. 그러면서도 직전까지 농장에서 블루베리를 따서 모은 세 달 치 임금을 카지노에서 전부 날렸다는 것이다. 이런저런 이유로, 나는 그녀와 좀처럼 가까워질 수 없을 거라 생각했지만 실제로는 정반대였다. 우리는 마치 부부처럼 붙어 다녔다.

그녀는 한국에 있을 때 대학을 중퇴하고 친구들과 술집을 차렸다가 망한 적이 있다고 했다. 어쨌든 골뱅이 소면 하나만큼은 기가 막히게 만들었다. 그녀는 말보로를 피웠고 드라이브하는 것을 좋아했다. 평소에는 얼음처럼 차가운 표정이다가도 웃을 때는 둑이 무너지듯 호방하게 웃었다.

일에서도 우리는 파트너였다. 제법 규모가 큰 레크리에이션 클럽에서 수영장과 헬스장을 청소하고, 수백 개의 카지노 포키를 닦는 것이 우리의 주 업무였다. 밤에는 일했고 낮에도 대부분 깨어 있었다. 이제 와 생각하면 불가능할 정도로 아주 조금 잤다. 그래서 깨어 있는 동안에도 마치 꿈꾸는 것처럼 몽롱했다. 한낮에 맥주를 홀짝이며 카드 게임을 했고, 결코 끝나지 않을 것 같은 긴긴 산책을 했다. 세상에 다시 없을, 가장 아름다운 노을을 그때 보았노라고 자신 있게 말할 수 있다. 시간은 결코 한 방향으로 흐르기 않았고 어제, 오늘, 내일이 하나의 덩어리처럼 느껴졌다.

비가 조금씩 흩뿌리던 어느 날 밤이었다. 우리는 출근길에 음악을 크게 튼 채로 다른 차라고는 보이지 않는 한밤의 도로를 달리고 있었다. 순간 낡은 타이어가 빗길에 미끄러졌고, 차는 빠르게 두 바퀴 돌아 제자리에 멈춰 섰다. 심장이 미친 듯이 쿵쾅거렸지만 우리는 취한 사람들처럼 깔깔거렸다. 웃다 말고, 그녀는 나를 만난 것이, 태어나서 가장 잘한 일 중의 하나라고 말했다. 나는 아무런 대꾸도 하지 못했다. 누군가에게 그런 말을 들어본 것은 처음인 데다가, 나는 그녀를 이곳에서의 시간이 끝나면 헤어질 인연 정도로 생각했기 때문이다.

누군가 새로 나타나고 누군가는 떠나는 일이 몇 주마다 당연하게 반복되는 곳이었다. 몇 달만 버티면 금세 고참이 되었다. 얼마 지나지 않아 그녀는 신참들을 맡아 보다 작은 규모의 클럽을 청소하게 되었다. 이제 나와 다른 곳으로 출근하게 된 그녀는 화장실을 청소하다 말고 내게 전화를 걸어 우는 소리를 하곤 했다. 손바닥만 한 바퀴벌레가 천장에서 떨어진다고. 원래 작은 벌레 따위는 겁내지 않는 그녀였지만, 이런 건 벌레라기보단 새에 가까우며 날개를 푸드덕거릴 때마다 소름이 돋는다고 징징거렸다.

낮에 내내 함께 있었으면서도, 잠시 헤어져 있는 동안에도 그렇게 서로 삼십 분쯤 수다를 떨어야 마음이 놓였다. 보통은 그녀의 팀이 먼저 숙소로 돌아왔다. 그녀는 내가 올 때까지 어두운 부엌에 앉아 커피 잔을 손에 쥔 채로 꾸벅꾸벅 졸면서 나를 기다렸다. 그러고는 내 얼굴을 보고 난 뒤에야 침실로 들어갔다.

그녀가 전화를 걸어오지 않은 새벽, 청소를 마치고 주차장에 모인 우리에게 팀장님이 말했다. 교통사고가 났다고. 운전하던 친구는 목숨을 잃었고, 조수석에 앉아 있던 그녀는 병원으로 옮겨졌다고. 나는 다리가 풀려 그대로 주저앉았다. 그로부터

몇 주가 어떻게 흘러갔는지 잘 기억나지 않는다. 그때 나는 거의 제정신이 아니었다. 일단 청소일을 그만두고 그녀가 입원한 병원 근처에 방을 구했다. 하지만 그녀는 의식불명인 채로 깨어나지 못했고, 얼마 후에는 한국에 있는 병원으로 옮겨졌다.

나 역시 그녀를 따라 한국으로 돌아왔다. 그녀가 깨어났다는 연락을 받고 병원으로 달려갔을 때, 나는 나를 바라보는 그녀의 눈빛에 담긴 물음표를 읽었다. 그녀는 사고 당시의 정황을 떠올리지 못했다. 아니, 호주에 갔던 것 자체를 전혀 기억하지 못했다. 나는 사라졌다. 그녀의 스물다섯과 함께.


그럼에도 불구하고, 나는 계속해서 병원에 찾아갔다. 그녀가 말하는 법을, 걷는 법을 힘겹게 다시 익히는 동안 나는 그저 멀찍이서 지켜볼 뿐이었다. 나는 그녀에게 내 이름을 다시 알려주었다. 그녀는 내 이름을 부르지는 않았지만, 언제부턴가 내가 나타나면 웃었다.

그날도 그녀는 물리치료실에 있었다. 그녀는 치료사를 끌어안다시피 붙든 채로 치료실 한쪽 끝에서 반대쪽 끝까지 걸어

갔다가 다시 돌아오고 있었다. 그 한 번의 왕복 후에 그녀의 온
몸은 땀으로 흠뻑 젖었다. 그 모습을 지켜보고 서 있던 내게,
치료사는 그녀의 파드너가 되어보기를 권했다.

나는 그녀와 마주 섰고, 그녀는 내 양팔을 꽉 잡았다. 그녀
몸의 무게가 내게로 고스란히 전해져왔다. 눈이 마주쳤다. 그
녀가 한 걸음 전진하면 나는 한 걸음 뒤로 물러섰다.

우리는 더할 수 없이 천천히 스텝을 밟았다.

한낱 사람으로 우두커니

# 봄의 실종

봄을 잃어버렸다.

카디건을 벗어서 오른쪽 어깨에 걸친 너의 이마에는 땀방울이 송골송골 맺혀 있었다. 4월인데도 마치 초여름처럼 더웠다. 너는 따뜻한 아메리카노를, 나는 차가운 아메리카노를 주문한다. 너는 한여름에도 따뜻한 커피만을 마시는 사람.

전단지는 만들었어?

네가 묻고 나는 고개를 가로저었다. 봄을 잃어버렸다는 것을 실감하는 데만도 하루가 꼬박 걸렸다. 나는 너와 헤어진 것을 아직도 실감하지 못하는 사람.

기억이 안 나.

내 말에 너는 이마를 찡그린다.


기억나지 않는다.

봄의 눈이 정확히 어떤 색이었는지. 햇살을 받으면 짙은 갈색이었고 어둠 속에서는 초록빛을 띤 푸른색이었다. 봄의 무늬가 어땠는지 기억나지 않는다. 검은 바탕에 갈색 털이 섞여 있었는지, 갈색 바탕에 검은 털이 섞여 있었는지. 빗살무늬였는지 점박이였는지.

가르릉대며 내 다리에 몸을 감던 봄. 더는 몸이 맞지 않는 슬리퍼에 들어가보려고 낑낑대던 봄. 노트북 키보드 위에 누워 모니터 화면 위로 해석할 수 없는 문장들을 무한대로 만들어내던 봄. 새벽녘마다 가슴 위로 기어 올라와 골골거리던 봄. 하지만 이것들은 세상의 모든 고양이를 설명하는 말과 같을지 몰라. 어떤 말로도 봄을 정확히 묘사할 수는 없을 것이다. 너는 생각에 잠긴 얼굴이다.

나도 기억이 안 나.

너는 말한다.

봄밤이었고, 우리는 동네를 산책하고 있었다. 가로등 불빛이 벚꽃 가지 사이로 쏟아지는 풍경은 바라보기만 해도 한잔한 것만 같은 느낌이었고, 우리는 흥청망청하는 기분으로 골목길을 빙빙 돌았다. 그때였다. 희미한 울음소리가 들려온 것은.

봄은 버려진 냉장고 밑에 꼬리가 끼인 채 가냘픈 음성으로 울고 있었다. 우리가 낑낑대며 냉장고를 들어 올리자 봄은 도망가는 대신 옆에 있던 쓰레기 봉지 사이에다 얼굴을 파묻었다. 머리를 감추면 자신이 안 보일 거라는 듯이. 우리는 그런 봄을 보고 웃음을 터뜨렸다.

너는 조심스레 봄을 들어 올렸다. 손바닥 안에 쏙 들어오던 봄. 봄의 꼬리가 부러진 채로 아물었다는 것을 시간이 한참 지나서야 알았다. 꼬리의 끝부분이 조금 꺾여 있었다. 만져보지 않으면 알 수 없었다. 전단지에 그렇게 적으면 될까.

플로리겐. 꽃을 피어나게 하는 호르몬의 이름. 오래전부터

이름을 가졌지만, 그 존재를 밝히는 데 70년이나 걸렸다고 언젠가 너는 내게 말해주었다. 하지만 꽃을 지게 하는 것이 무엇인지에 대해서는 말해주지 않았다.

한때는 분명 만개했던 것이 왜 없었던 일처럼 사라지고 마는 것인지. 끝은 누가 정하는 것인지. 끝이란 게 마침표 같은 점이 아니라, 양쪽 끄트머리에 또 다른 시작과 끝이 매달려 있는 선 같은 거라면, 끝이 끝나지 않는다면 그건 끝이 맞는 건지. 그런 생각을 하다 보면 머릿속이 소란스러워졌다. 그럼 나는 봄의 폭신한 등에다 코를 묻고 한껏 숨을 들이마셨다.

이렇게 하면 마음이 평온해져. 목욕을 시키지도 않았는데 어째서 이렇게 달짝지근한 향이 나는 걸까.

그렇게 말하던 네 모습을 떠올리면서.


버스에 올라타기 전에 너는 말했다. 찾을 수 없다면, 기다리는 수밖에 없다고. 너는 창가 자리에 앉았으면서도 나를 쳐다보지 않았다. 하지만 나는 계속 보고 있었다. 버스가 출발하고서도 한참을 보고 있었다.

집으로 돌아오는 길, 나는 바닥에 떨어진 목련 꽃잎을 밟으며 걸었다. 비릿한 냄새가 나는 것 같았다. 골목길 담장 위에 봄을 닮은 고양이 한 마리가 앉아 있었다. 봄, 하고 불러보았다.

고양이는 나를 보고 눈을 천천히 감았다 뜬다. 나는 녀석의 꼬리를 유심히 본다. 만져보지 않고는 알 수 없을 것이다.

나는 고양이에게 다가간다. 고양이는 몸을 일으켜 기지개를 켜더니 가볍게 담장 너머로 뛰어내린다.

기다리는 수밖에 없겠지. 나는 생각한다.

정수리 위로 봄 햇살이 따가웠다.

# 한 개의 여름을 위하여*

 

숙박객들이 하나둘 아침을 먹기 위해 나타났다. 조식이라고는 해도 싸구려 식빵과 딸기잼, 버터, 묽은 커피가 전부였다. 예보에 없던 가을비가 쏟아지고 있었다. 그래서인지 일정을 망쳤다며 투덜거리거나, 휴대폰으로 기상예보를 찾아 읊는 목소리들이 들려왔다. 그때 누군가 카운터로 다가와 물었다.

혹시, 우산 좀 빌릴 수 있을까요?

어젯밤 숙소 문을 잠그려던 찰나 체크인한 여성 숙박객이었

---

   *   김소연, 『눈물이라는 뼈』(문학과지성사, 2009)에 수록된 시의 제목을 빌려옴.

다. 우산이라면 사람들이 두고 간 것들이 대여섯 개쯤 있었다. 나는 그중에서 두 개를 집어 들었다. 물방울무늬의 핑크색 우산, 아무 무늬 없는 검은 우산. 우산을 빌려달라는 사람들에게 나는 아무 의미도 없는 테스트를 한다. 그들이 내가 예상한 그대로의 선택을 하는 것이 재미있다.

내가 우산 두 개를 내밀자, 여자는 역시나 검은색 우산을 집었다.

잠깐 산책을 다녀오려고요.

여자는 묻지도 않았는데 그렇게 말하고는 살짝 웃었다. 인상이 희미한 얼굴이었다. 나는 여자가 떠나고 숙박부에서 그녀의 이름을 찾아보았다. 한여름. 이름이 여름이라 비를 좋아하는 걸까.


손님들은 참으로 많은 것들을 두고 갔다. 체크아웃 시간이 지나 방을 청소할 때면 머리 끈이나 화장품 같은 것들은 물론 팬티가 나온 적도 있었다. 노트북, 지갑이나 열쇠, 휴대폰 같은 것도 며칠 걸러 하나씩은 발견되었다. 그 방에 누가 묵었는지 정확히 기억나지는 않아도 대략 누구의 것이겠구나, 상상하면 떠나간 손님의 얼굴이 머릿속에 저절로 떠오르는 것이었다. 때로는 내가 떠올린 얼굴이 헐레벌떡 물건을 찾으러 돌아오는 경우도 있었다. 머리카락 하나도 남기지 않고 떠나가는 손님도 있었는데, 그 경우에도 나는 그 손님이 누구였는지를 쉽게 떠올릴 수 있었다. 그런데 이상하게도 방금 숙소를 나선 여자의 얼굴은 좀처럼 다시 그려지지 않았다.

몇몇 손님들은 쏟아지는 비를 무릅쓰고 일정을 소화하러 뛰쳐나갔고, 다른 이들은 방에 틀어박혀 나오지 않았다. 점심시간이 되자 그들 중 누군가가 내게 짜장면을 시켜 먹어도 되냐고 물었다. 친구 사이로 보이는 세 사람이 근처 편의점에서 맥주를 사다가 부엌에서 마시기 시작했고, 곧 짜장면과 탕수육을 먹고 있던 이들과 합석했다. 넉살이 좋은지, 그들은 곧 다른 숙박객들까지 불러 술판을 벌였다. 과하지만 않다면 나는 그런 것을 구태여 말리지 않았다.

또 다른 이들은 택시를 타고 역으로, 터미널로 떠나갔다. 나는 그들이 떠난 빈방에서 심슨 캐릭터가 그려진 양말 한 짝과

대학교 이름이 적힌 후드 점퍼를 발견했다. 그것들은 분실물 상자에 들어갔다가 계절이 지나면 버려질 것이다.

여름이라는 이름을 가진 이는 저녁이 되어서도 돌아오지 않았다. 산책이라면 아주 긴 산책이었다. 검은 우산을 쓰고 있는 뒷모습만이 떠올랐으므로, 그 뒷모습에 대해서는 그 어떤 것이라도 상상할 수 있었다.

여자는 왜 그렇게 늦은 밤에 체크인을 한 걸까. 여행 중이라면 짐은 왜 그렇게 가벼운 걸까. 지금쯤 어느 관광지를 돌아다니고 있을까, 아니면 어디 카페에 앉아 내리는 비를 바라보고 있을까. 누군가와 이별한 후 홧김에 떠나온 건 아닐까. 혹은 어떤 범죄를 저지르고 도주 중인 건 아닐까. 얼굴 생김새도, 어떤 옷을 입었었는지조차 떠올릴 수 없으니 나는 수사에 아무 도움이 되지 않겠군.

여행을 좋아하지도 않는 내가 게스트 하우스를 운영하게 된 건 사람들을 구경하는 게 좋아서였다. 그들이 두고 온 일상을,

내게는 결코 꺼내놓지 않을 그들의 어떤 과거를, 혹은 맞닿은 미래를 상상하는 일. 무례하다는 걸 알지만 그런 기쁨 없이 내가 나의 일상을 버티는 건 또 어려운 일이니까.

이곳의 문을 연 후로 나는 나와 이곳이 마치 한 그루의 나무 같다고 생각한다. 수많은 계절을 통과하며 한자리에 서 있는 나무. 새도 벌레도 놀러 오지만 그들 중 누구도 영원히 머물지는 않는다. 나는 찾아오는 그 누구도 막지 않으며, 떠나는 그 누구도 붙잡지 않는다. 그걸로도 충분하다, 는 말은 내게 충분하다.

이 비가 그치면 겨울이 오겠지. 앙상한 시간을 버티며 나는 더 많은 얼굴들을 떠올려야 할 것이다.

여름은 아직 멀다.

# 은각사로 가는 길

정말 크다. 정말 커.

엄마가 다리 위에 서서 아래를 내려다보며 말했다. 나는 몇 걸음 떨어진 곳에서 엄마의 사진을 찍었다. 엄마는 풀색 리넨 원피스를 입고 있다. 주변이 온통 초록이어서, 엄마는 마치 이 장소의 일부처럼 보인다. 나는 그런 엄마를 필름에 담는다.

스무 살 때 아버지가 내게 물려준 수동 카메라. 무거워서 평소에는 잘 들고 다니지 않지만, 여행을 갈 때는 꼭 챙겨가곤 했다. 그걸로 사진을 찍으면 여정이 조금은 더 특별해질 거라는 듯이. 하지만 그렇게 찍어 현상한 사진들은 스캔본으로 내 컴

퓨터 폴더 안에 고이 모셔져 있다. 나는 그것들을 가끔 들여다
보지도 않는다.

　엄마가 보고 있는 것은 내 허버지만큼 굵은 검은 물고기들
이었다. 우거진 수풀의 녹색을 반사하고 있는 개천은 물고기들
때문에 더 짙고, 더 깊어 보였다. 어젯밤 숙소에서 엄마는 금각
사와 은각사 중에 은각사를 골랐다.

　금각사는 금으로 되어 있다니?

　엄마가 물었다. 나는 휴대폰으로 금각사를 검색해보고는 대
답한다.

　응, 진짜 금박으로 덮여 있대.

　그럼 은각사는?

　은각사는 은으로 된 것 같지는 않은데.

　그렇다면, 엄마는 금각사 말고 은각사를 보고 싶다고 했다.
왜냐고 묻자 엄마는 그냥, 이라고 대답했다.


　버스에서 내려 은각사까지 이어지는 이 길의 이름이 '철학
자의 길'이라고 얘기하자 엄마는 아무 대꾸가 없었다. 하지만

한참을 걷다 말고 갑자기 누가 지었는지 이름을 참 잘 지었다고 했다. 이렇게 걷다 보니 은각사는 안 봐도 그만일 것 같아진다고. 이 길이 그냥 계속 이어졌으면 좋겠다고, 5월의 초록은 뭔가 다르다고. 엄마는 자꾸 철학자 같은 말을 했다.

아빠의 장례를 치르고 한동안은 잊고 있었다. 거의 1년 전에 오빠와 내가 돈을 모아 마련해둔 2박 3일 교토 여행. 해외여행이라고는 한 번도 가보지 못한 부모님을 위한 것이었다. 더 근사한 곳에 보내드리고 싶었지만 그게 우리의 최선이었다. 여행을 취소할까, 물었더니 엄마는 고개를 저었다. 오빠는 나더러 엄마를 모시고 다녀오라고 했다.

그러고 보니 엄마와 단둘이 여행해본 적이 한 번도 없었다. 필름 카메라로 엄마의 모습을 찍은 적도 없었다. 낡은 앨범에는 아빠가 이 카메라로 찍은 엄마의 젊은 시절 사진들이 가득한데. 아빠가 더는 엄마 사진을 찍지 않게 된 건 언제부터였을까. 이사 갈 짐을 정리하다가 이 카메라를 발견한 스무 살의 나는 별생각 없이 카메라를 달라고 졸랐다. 아빠가 잠시 망설였다고 기억한다. 아니, 그건 내가 만들어낸 기억인지도.

걷는 동안 다른 사람은 아무도 없었다. 고양이들 몇 마리만 생각에 잠긴 듯이 우리를 지나쳐 갔다. 나는 여전히 물고기를 들여다보고 있는 엄마를 거기 세워두고, 맞은편에 보이는 잡화점으로 들어갔다. 상냥한 얼굴을 한 여주인에게 서툰 일본어로 사진을 찍어달라고 말했다. 주인이 고개를 갸웃한 것으로 봐서 아마 다른 말을 한 것인지도 모르겠다. 나는 카메라를 가리키고, 이어서 엄마와 나를 가리켰다. 여자는 웃으며 고개를 끄덕였다.

엄마와 나는 다리 위에 팔짱을 끼고 섰다. 스마이루, 하고 여자가 말했다. 그 말에 나는 웃었는데 엄마도 웃었을까. 필름을 현상한 후에야 알 수 있겠지. 지난 이틀 동안 엄마는 이곳의 깨끗한 골목들이 좋다고 했다. 료칸에서 조식으로 나온 계란말이가 맛있다고도. 하지만 별로 웃지는 않았다.

돌아가면 앨범을 하나 마련할 것이다. 이번 여행에서 찍은 사진을 인화해서 거기 넣을 거고, 엄마랑 더 많은 여행을 갈 거고, 여행을 가지 않아도 더 많은 우리의 사진을 찍어야지. 엄마는 사진을 찍어줘서 고맙다며, 잡화점에서 흰색 리넨 모자를 하나 샀다. 모자를 쓴 엄마가 고왔다.

　우리는 말없이 걸었다. 은각사까지는 가지 않아도 그만이
었다.

# 북극의 여인들

그해 겨울, 나는 바닷가 근처에 있는 작은 도시에 머무르고 있었다. 느지막이 일어나 세수하고, 버스가 도착하는 시간에 맞춰 마을 어귀 정류장까지 걸어간다. 삼십 분에 한 대씩 오는 버스에 올라타, 해수욕장 주변에 조성되어 있는 카페 거리에 내린다.

늘 가는 카페로 들어가, 바다가 보이는 창가 자리에 앉아 온종일 바깥 풍경을 구경하거나 책을 읽거나 한다. 카페 안으로 들이치는 햇살의 색이 짙어지면, 그만 그곳에서 나와 해안을 따라 걷기 시작한다. 걷다 보면 횟집과 카페들은 점차 사라지고 기다란 솔숲이 나타나는데, 나는 소나무들 사이로 난 좁은 길을 따라 걸으며 할 일 없이 솔방울 주워 모으는 것을 좋아했다. 그렇게 한 시간쯤 지나면 멀리, 내가 달방을 빌린 펜션 건물의 지붕이 보였다.

나는 그 겨울의 대부분을 침묵 속에서 보냈는데, 카페에서 커피를 주문할 때를 제외하고는 단 한마디도 하지 않는 날이 대부분이었다. 자주 폭설이 쏟아졌고, 이틀 연속으로 눈이 내려 가슴께까지 쌓인 적도 있었다. 그럴 때면 나는 눈의 탑에 갇힌 죄수처럼, 방 안에서 냉장고 돌아가는 소리를 벗 삼아 혼잣말을 중얼거리며, 즉석밥과 컵라면을 축내며 며칠씩 시간을 보내기도 했다.

방바닥은 늘 고구마도 삶을 수 있을 것처럼 따끈했다. 주인 아주머니에게 이 이야기를 하자, 보일러가 낡았는지 한번 작동이 되면 설정한 온도와 상관없이 그렇게 뜨거워지고 만다는 것이었다. 그녀는 어쩔 수 없다는 듯 어깨를 으쓱했다. 추운 것보다는 낫지 않냐는 듯이. 내가 묵던 방에는 누군가의 무덤을 향한 작은 창문이 하나 있었다. 방 안이 열기로 가득 차면, 나는 창문을 열고 신선하고 차가운 공기를 있는 힘껏 들이마셨다. 폐가 찢어질 것 같은 그 느낌이 좋았다.

그런 날들이 이어지고 있었다. 나는 오늘의 날짜와 요일을 식별하지 못했고, 아무래도 좋았다. 그럼에도 불구하고 유일하게 기억나는 날짜는 바로 2월 22일, 그날은 내가 좋아하던 여배우가 세상을 떠난 날이기도 했다. 나는 여느 때처럼 카페 바자리에 앉아서 멍하니 창밖을 내다보고 있었다. 내가 아는 얼굴 하나가 이쪽을 향해 걸어오고 있었다. 누구였더라, 기억을 더듬는 사이 그 사람은 내가 있는 바로 그 카페 문을 열고 들어왔다. 딸랑, 문에 달린 종이 울리는 순간, 기억났다. 그녀는 나의 고등학교 시절 국어 선생님이었다.

고등학교 1학년 때 처음으로 시를 썼다. 문구점에서 스프링이 달린 천 원짜리 연습장을 사서, 거기에 생각나는 것들을 아무렇게나 적었다. 낙서 같기도, 시 같기도 한 문장들을 가지고 노는 것이 재미있었다. 수학 시간마다 숨기지도 않고 시집을 읽다가 선생님에게 등짝을 맞기도 했다. 수학 선생님은 한 번도 누구를 때렸다는 이야기를 들은 적 없는, 아이들이 우습게 볼 정도로 순한 분이었다. 그런 선생님을 그렇게까지 화나게 했다니. 하지만 수업 시간에까지 시집을 읽었던 건 시를 향한 나의 열정 때문이라기보다는, 당시 내게 그것 외에는 흥미로운 것이 아무것도 없었기 때문이다.

한번은 국어 과목 숙제로 시를 써 가야 했다. 1학년 7반 담임이자 국어를 가르치던, 바짝 마른 몸에 단 한 번도 치마란 것을 입지 않았던 서른일곱 살 고영숙 선생님은 그날 내가 숙제로 제출한 시를 나도 모르게 도 대회에 출품했다. 그 시는 최우수상을 받았고, 나는 상금으로 MP3 플레이어를 샀다. 그리고 선생님께 드릴 선물로는 동네 빵집에서 파는 7천 원짜리 롤케이크를 샀다. 그때나 지금이나 나는 대체 어떤 인간인 걸까?

아무튼 그때 내가 쓴 시는 새벽 4시의 밤거리에 관한 시였다. 아무도 없는, 모든 게 정지된 듯한 밤거리에서 분명히 존재하고 흔들리고 있는 것들에 관해 적었다. 그녀는 그때 나를 교무실로 불러 '너는 앞으로도 계속 시를 쓰는 게 어떠니?' 하고 말했다. 하지만 나는 '저는 그럴 생각이 없는데요, 그냥 심심해서 써본 건데요' 하고 대답했다.

순간 그녀의 얼굴에 회한의 기미가 스쳤다. 나도 한때는 시인이 되고 싶었지, 그런 식의 이야기가 시작될 것 같았지만 그녀는 아무 말도 하지 않았다. 이후로 백일장에 나갈 기회가 있을 때마다 나는 고개를 가로저었다. 나는 시인 같은 것은 되지 않을 거야. 하지만 나는 아직까지도 연습장에 낙서를 하고 있다.


마흔일곱 살 고영숙 선생님은 쟁반을 들고 잠시 카페 안을 둘러보더니, 내가 한쪽 끝에 앉아 있는 바 자리의 다른 한쪽으로 갔다. 자리에 앉아 머그 컵에 담긴 음료를 한 모금 마신 그녀가 문득 내 쪽을 보았다. 눈이 마주치자 그녀의 눈이 동그랗게 커졌다. 그러고는 환하게 웃었다. 나도 웃었다. 그녀가 주섬주섬 자리에서 일어나더니, 찻잔을 들고 다가와 내 옆에 앉았다. 어떻게 이렇게. 이렇게 정말 오랜만에.

잠시 머뭇거리던 그녀가 말했다. 가끔 내 생각을 했다고. 가끔 내 이름을 검색해보고, 신간이 나오면 사서 읽었다고. 나는 두 달째 이곳에 머물고 있다고 말했다. 선생님은요? 그녀는 별다른 이유 없이, 그냥 오는 아침 문득 생각이 나서 이곳에 왔다고 했다.

예전에는 휴일도 방학도 너무 짧았는데, 요즘엔 시간이 너무 느리게 가는 것처럼 느껴져. 세 시간 가까이 차를 달려 이곳에 왔는데 이제 겨우 점심때라니 이상하지 않니. 쉬는 날이면 소파에 멍하니 앉아 있다가, 시계를 보면 겨우 삼십 분도 지나 있지 않은 거야. 예전에는 하루가 너무 짧았는데. 이상하지 않니. 그녀는 중얼거렸다.


카페를 나서자 하늘은 구름으로 가득했다.

또 눈이 올 건가봐요. 내 말에 그녀가 하늘을 올려다보았다. 누가 제안한 것도 아닌데 우리는 해안가를 따라 걷기 시작했다. 이윽고 솔숲이 나타났다. 아직 아무도 지나가지 않았는지, 어젯밤 내린 눈이 발목 높이로 쌓여 있었다. 우리는 나란히 발자국을 만들며 걸었다. 이따금 소나무에서 후드득 하고 눈 덩

어리가 쏟아졌다.

　나는 겨울이 좋아.

　왜요?

　내가 되묻자 그녀가 말했다.

　춥고 추울수록 따뜻한 게 더 잘 느껴지니까.

　그녀는 은퇴 후에 북극에 가는 게 꿈이라고 했다.

　정말로 정확한 북극은 바다 한가운데 있대. 그곳에서는 스물네 개의 시간대가 동시에 겹치기 때문에, 시간이라는 것의 의미 자체가 사라져버린다는 거야. 그 지점은 배를 타고서만 갈수 있다는데, 만약 어느 날 내가 그곳에서 표류한다면 나는 시계를 볼까? 일기를 쓸까? 나이 드는 것을 어떤 속도로 느끼게될까? 자그마치 6개월 동안 밤이 계속된다는데…… 거기선 별도 보이지 않는다는데…… 쓸쓸할까? 편안할까?

　그녀는 혼잣말하듯 이야기를 계속했고, 이야기들은 입김의 형태로 공기 중에 흩어졌다. 나는 그녀의 목소리에 귀 기울이며, 작은 솔방울을 하나씩, 하나씩 주워 그것을 그녀의 장갑 낀손에 건넸다. 길은 아직 끝나지 않았는데 그녀의 양손은 어느 새 솔방울로 가득했다.

또다시 눈발이 날리기 시작했다.

# 네미

네미는 중앙역 앞 작은 광장으로 이어지는 계단 위에 앉아 있었다.

사람들이 중앙역이라고 부르는 이곳은 실제로는 그 어디의 중앙도 아니었고, 역이라기에도 하루에 열차가 단 두 차례 멈추어 설 뿐이었다. 비둘기 똥과 낙서로 가득해 밟고 올라서기조차 꺼려지는 더러운 계단 위에, 계단의 일부처럼, 네미는 앉아 있었다. 무릎에 고개를 반쯤 묻은 채, 이따금 불규칙적으로 다리를 떨고 있었다. 간간이 떨어지는 빗방울이 네미의 스웨터 위에 짙은 얼룩을 만들었다.

아침이었지만 저녁처럼 어두웠다. 들이쉬면 금방이라도 몸이 아플 듯한 공기가 두꺼운 구름에 덮여 어디로도 가지 못한채 고여 있었다. 이곳으로 오는 잠깐 동안 어딘가로부터 구름이 몰려들었다. 아니, 구름은 이곳 중앙역에서부터, 어쩌면 네미의 머리 위에서부터 피어올라 마을 전체로 퍼져가고 있는중인지도 모른다. 나는 그런 생각을 하며 광장 끄트머리에 서서 그녀를 지켜보고 있었다. 중앙역 전체가 이미 그녀의 영역이었다. 그렇다는 사실을 직감했다. 지금 이 순간이 한 컷의 만화라면, 분명히 돔 형태의 어떤 것이 이 중앙역 위에 씌워져 있을 것이다.

네미는 누구인가. 누군가 묻는다면 나는 장난꾸러기, 라고대답할 것이다.
네미는 누구입니까. 네미는 장난꾸러기입니다.

어느 새벽 눈을 떴을 때 네미는 사라져 있었다. 샤워실에도,옷장에도, 냉장고에도, 없었다. 나는 당연하게도 그녀가 죽으러 갔다고 생각했다. 나는 접근 가능한 옥상들에, 부두에, 쓰레기장에 가보았지만 네미를 찾을 수는 없었다. 죽지는 않았어도 완전히 떠났으리라고 생각했다. 무엇이 그런 확신을 내게 주었는지는 모르겠다. 그러나 그날 밤 그녀는 아무 일도 없다는 듯 돌아왔다. 무슨 엉뚱한 소리를 하냐는 듯이. 자신은 전혀 죽을 생각이 없고, 떠날 생각도—당분간은—없다고 했다. 나는 허물을 벗듯 스르르 원피스를 벗고 샤워실로 들어가는 네미를 그냥 멍하니 바라보고 있었다.

네미는 장난꾸러기였다. 동시에 지나치다 싶을 정도로 상냥했다. 보기 드물 정도로 열정적인 동시에 마른 꽃잎처럼 연약했다. 어떤 때는 한없이 수다스러워서 며칠 동안 말하기를 멈추지 않은 적도 있다. 잠들었다가 눈을 떠보면 그녀는 침대에 누워 눈을 감은 채로 여전히 말하고 있었다. 의미를 알 수 없는 말, 말들. 말의 홍수. 방 안은 흥건해졌다. 그러고 나면 며칠 동안은 아무 말도 하지 않기도 했다. 실어증에 걸린 사람처럼. 아무리 말을 걸어도 고개를 흔들거나 끄덕이거나 둘 중 하나만 했다. 둘 중 아무것도 하지 않거나. 어쩌면 그 모든 것은 그녀

장난의 일부였으리라.

보나 세라.

네미가 나를 보지 않고 말했다. 그녀가 바라보고 있는 곳을 나도 바라보았다. 보나 세라, 라고 건너편 벽에 쓰여 있었다.

언제 돌아온 거야?

내가 묻자 그녀가 말했다.

아니, 떠나는 거야.

그녀는 그렇게 말하고 잠시 동안 내 손을 잡았는데, 그 손에서는 체온이 느껴지지 않았다. 따뜻하지도 차갑지도 않은 손. 곧 그녀는 역사 안으로 총총 사라졌고 그게 내가 본 네미의 마지막 모습이었다.


꿈을 꾼 걸까.

가끔은 네미가 단 한 번도 내게 없었던 것 같다. 가끔은, 네미를 제외하고는 아무도 내게 없었던 것 같다. 나는 한평생 네미를 찾고 있었던 것 같다. 동시에 네미는 내 곁을 한 번도 떠난 적이 없었던 것 같다. 네미는 떠난 적도 없으면서 계속해서 돌아온 것 같다.

나는 중앙역 계단에 앉아 마치 공중화장실처럼 보이는 역사 건물을 바라본다. 나는 네미를 기다릴지, 네미를 찾으러 갈지 결정해야 하지만 그냥 앉아 있다. 그냥 앉아서 늙어가고 있다.


네미는 누구입니까.

네미는 아무것도 아니며 모든 것입니다.

# 고래 울음

구름이 빠르게, 아주 빠르게 지나갔다. 한 계절이 다른 계절을 빠른 속도로 추월하고 있었고, 우리는 그대로 있었다. 어떤 것도 추월하지 않고, 어떤 것에도 추월당하지 않은 채로.

함께 있을 때면 자주 가라앉았다. 세상은 물속에서 올려다보는 것처럼 흔들렸고 반짝거렸다. 우리는 깊이, 점점 더 깊이 가라앉았고 그러면 결국에는 구름도 햇빛도 그저 빛의 입자로 흩어져 희뿌옇게 우리 위를 흘러갈 뿐이었다.

때로는 하나의 생이 다른 생에 겹쳐져, 물이 물에 섞여 그저 물이 되듯이 혹은 모래 위에 모래가 쌓여 모래와 다름없듯이,

그렇게 어떤 것은 다른 어떤 것으로도 모양을 바꾸지 않은 채 그저 고여 있기도 하다는 것을 잠시 믿기도 했었다.

　그 야트막한 산은 우리가 다니는 대학 캠퍼스의 일부였다. 우리는 산책로 중간에 있는 어느 벤치에 나란히 앉아 있었다. 깊은 물속 같은 하루였다. 올려다보면 나뭇잎이 수초처럼 천천히 흔들렸다. 공기의 입자가 물의 입자를 하나씩 끌어안은 채로, 옅은 물살 같은 바람에 몸을 맡기고 있었다. 연한 가로등 불빛이 너무 어둡지도 밝지도 않게 그것들을 비추고 있었다. 모든 것이 축축했고 축축하지 않은 것은 그날에 어울리지 않았다.

　그날 너는 한참 동안 소리 없이 울었고 나는 가만히 있었다. 나는 네가 왜 우는지 몰랐지만, 이유를 묻지 않았다. 이유를 말해주었대도 나는 무슨 말을 해야 할지 몰랐을 것이다. 그즈음의 우린 하잘것없는 문장에도 며칠을 앓았으니까. 별 의미 없는 눈길과 무심한 제스처에도 뜬눈으로 밤을 지새웠으니까. 3만 걸음쯤 걸어도 피곤하지 않았으니까. 그리고 그 걸음들에는 목적지가 없었으니까. 우리가 그 시간 그 자리에 함께 있었던 데에도 결정적인 이유는 없었다.

너는 문득 울음을 멈추고 자리에서 일어나 가로등 불빛 속으로 천천히 헤엄치듯 걸어 들어갔다. 그림자를 길게 늘인 채로, 그림자의 끝을 내게 살짝 얹은 채로 너는 가로등 불빛을 올려다보았고 나는 너를 올려다보았다. 나는 내 몸에 닿아 있던 그 그림자의 끝을 쥐어보려 나도 모르게 손을 내밀었다.

너는 몸을 돌려 가로등을 등진 채 담배 한 개비를 꺼내 물었다. 불을 붙이고, 한 모금 내뱉자 담배 연기는 한없이 천천히 공기 중으로 퍼져나갔고, 연기의 그림자는 마치 물속에 떨어뜨린 먹물 한 방울이 그러하듯이 빛 속으로 천천히 퍼져나갔다. 그러고는 서서히 흔적도 없이, 빛의 일부로 사라져갔다. 그것은 아름다운 장면이었다.

얼마 지나지 않아 너는 반대편 어둠 속으로 기어이 사라졌으나, 나는 마치 웬디처럼 네게 속해 있던 그림자의 일부를 한 점 떼어냈다고, 그리고 나는 그것을 언제까지고 간직할 것이며 언젠가 그것을 되찾기 위해 네가 돌아올 때까지 그렇게 하리라고 상상했다.

마을버스가 비에 젖은 언덕길을 내려오는 소리가 들렸다. 그 소리는 고래의 울음소리와 닮아 있었다. 나는 그 소리와 너의 소리 없는 울음을 겹쳐서 기억하곤 하는데 그럴 때면 너는 한 마리 커다란 고래가 된다. 사람의 말을 모르는 고래.

고래들은 수만 킬로미터를 떨어져 있어도 서로의 말을 알아 듣는다는데, 나는 그날 한낱 사람으로 우두커니 앉아 있었지. 늦었지만 미안하다고 말하고 싶다.

# 엘리펀트*

이것은 코끼리가 되고 싶었던 한 남자의 이야기다.

그가 어렸을 적 살던 집의 거실 텔레비전 위에는 세 마리의 코끼리 인형이 놓여 있었다. 나무로 된 코끼리 한 마리와 돌로 된 작은 코끼리 두 마리. 북향이었던 집은 해가 질 때쯤 되면 거실 한가득 무르익은 햇살이 들이치곤 했는데, 그는 그때마다 코끼리들이 아무 무늬도 없는 회백색의 벽에다 만들어내는 커

* 레이철 야마가타의 노래 〈Elephants〉에서 영감을 받아 작성되었음.

다란 그림자를 바라보는 것을 좋아했다. 그것은 마치 한 마리의 어미 코끼리와 두 마리의 새끼 코끼리가 어느 해 질 녘의 초원을 느릿느릿 걸어가고 있는 것 같은 광경이었다. 아무도 없는 집에서 코끼리 모양을 한 그림자들이 서서히 길어지는 모습을 숨죽여 바라보고 있으면 어디선가 코끼리의 낮은 울음소리가 들려오는 듯도 했다.

그렇게 그는 자연스럽게 코끼리의 삶과 코끼리의 죽음과 코끼리의 기쁨과 슬픔에 대해서 생각하게 되었다. 또한 그 저물어가는 오후마다 자신이 다녀오곤 했던 어느 이름 모를 초원에 대해서, 그 초원의 넓이와, 초원 가득 내리쬐는 햇빛의 부피와, 초원을 가로지르는 바람의 질감 같은, 초원이 포함하고 있고 또 포함할 수 있는 모든 것에 대해 계속해서 생각하지 않을 수 없었다.

그는 상상했다. 한 마리의 코끼리가 된 자신의 모습을. 그는 코끼리 인형의 매끈한 몸체를 어루만질 때마다, 코끼리의 피부가 실제로는 어떤 감촉일지 상상하곤 했지만 잘 되지 않았다. 그는 코끼리를 실제로 본 적이 한 번도 없었던 것이다.

그러던 어느 날, 동물원으로 소풍을 간 그는 태어나서 처음으로 코끼리를 본다. 그곳에는 두 마리의 코끼리가 있었는데 무슨 사연인지 그 둘은 서로 분리되어 있었고, 쇠창살 너머로 서로를 바라보며 애타게 울고 있었다. 흠집투성이의 커다란 귀를 펄럭거리며, 기다란 코를 맞잡은 채로 그들은 몇 시간이고 떨어지지 않았다. 그날 동물원에 울려 퍼지던 코끼리들의 울음소리는, 그가 상상했던 것과는 결코 같지 않았다. 그 소리는 이제껏 한 번도 경험해보지 못한 종류의 파장으로 그의 머릿속에 깊이 파고들었다. 마치 생명에는 지장이 없지만 결코 빼낼 수는 없는 작은 실탄처럼.

긴 여행 중에, 그녀가 이동식 서커스를 보러 갔을 때였다. 서커스 천막 뒤쪽에는 쇼에 출연하는 동물들의 우리가 있었고, 공연이 시작되기 몇 시간 전부터 그녀는 그 주변을 서성이며 동물들이 무대를 위해 몸을 치장하는 것을 구경했다고 한다. 거기에는 보석으로 화려하게 장식된 빨간 모자를 쓴 세 마리의 코끼리 가족도 있었다.

그들의 느릿하고 다정한 움직임을 지켜보고 있던 그녀를, 조련사가 손짓해서 불렀다. 그는 그녀에게 늙은 오이 몇 개를 건넸다. 우리 안으로 오이를 들이밀자 새끼 코끼리가 천천히, 그녀에게 다가와서는 기다란 코로 그것을 받아 천천히, 입으로 가져갔다. 시간의 속도에 저항하는 듯한 그 모든 동작을 지켜보는 사이, 그녀는 자신이 또한 시간의 속도를 거슬러 아주 빠르게 늙어가고 있다고 느꼈다. 그녀는 아기 코끼리의 귀에 가만히 손을 대보았다.

어땠어?
그는 물었다. 그녀는 잠시 생각하더니 대답했다.
단단하고 부드러웠어.

코끼리는 전생의 기억을 모두 가지고 있다고, 그녀는 말했다. 코끼리로 태어나면, 그게 바로 마지막 생인 거라고. 코끼리가 우는 건 그렇게 지나간 생의 기억이 너무나 많아서라고. 그는 언젠가 들었던 코끼리 울음소리가 문득 귓가에 선명하게 되살아나는 것을 느꼈다.

그녀는 또 말했다. 지난 생에 자신이 코끼리였으며, 그래서 이번이 마지막 생이라고 생각했지만 이렇게 또다시 태어나고 말았고, 그래서 자신은 전생의 기억을 모두 가지고 있으며, 그래서 자신에게는 이 삶이 너무나 쉽고, 이따금 큰 소리로 우는 것 외에 달리 할 일이 없다고.

그는 그때 자신도 모르게 손을 뻗어 그녀의 왼쪽 귀를 만졌다. 그러자 그는 곧바로 이해할 수 있었다. 단단한 부드러움이 무엇인지. 그리고 그 순간에, 자신이 '단단한 부드러움'이라는 단어 따위를 배운 것이 아니라 지금 곁에 누워 있는 한 여자, 그녀가 양수 속에서 단지 하나의 세포 덩어리였을 때 가장 먼저 자라나기 시작해 지금까지 모양을 만들어온 그녀의 귀, 그 귀가 가장 처음으로 들었던 어머니의 심장 소리와 지금 그녀가 듣고 있는 자신의 목소리까지를, 그 귀에 담았던 모든 것들을, 그러니까 한 여자의 인생 전부를, 그리고 이전의 모든 생들을 전부 통째로 배워버렸다는 것을 깨달았다.

오랜 시간이 흘러, 그녀는 없고, 어느 깊은 숲에서, 그는 번개를 맞아 쓰러져 있는 커다랗고 오래된 나무를 보았다. 그는 그 나무의 거칠고 단단한 결이 마치 만져본 적도 없는 코끼리의 피부 같다고 느꼈다. 그는 나무 기둥에 가만히 손을 대보았다. 그 순간 그는 처음 보는 나무의 긴 고통을 마치 제 것인 양 생생하게 느꼈다. 그리고 알았다. 자신이 드디어 코끼리가 되었다는 것을.

이것은 코끼리가 되고 싶었던 한 남자의 이야기.

계절은 우리와 관계없이

## 여긴 지금 새벽이야

이 메일 주소를 아직도 쓰고 있을까.

거긴 아마도 한낮이겠지. 네가 아직 그곳에 살고 있다면.

아까 퇴근길에 교통사고가 났어. 브레이크를 밟았다고 생각했지만 실은 엑셀을 밟은 걸까. 잘 모르겠어. 아무도 크게 다치지는 않았어. 앞차보다 내 차가 더 많이 망가졌고. 다행이지. 그런데 내가 어떤 보험에 가입했는지 기억이 나지 않는 거야. 서랍 안을 뒤져봤지만 서류가 없더라. 휴대폰으로 '자동차보험'을 검색해서 제일 유명한 곳부터 차례대로 전화를 걸었지. 다행히 세 번째 통화에 내가 가입한 보험사를 찾았어. 운전을 진 즉에 그만뒀어야 했나 봐.

망가진 차를 공업사에 맡기고 나니 이미 밤이 깊었고, 외진 곳이라 택시를 불러도 올 것 같지 않았어. 요즘 일교차가 커서 그런지 너무 춥더라. 일단은 무작정 걸었지. 지나다니는 차도 없고, 문 연 구멍가게 하나 없었어. 오들오들 떨면서 길을 걷는 데, 네 생각이 나더라. 그림자를 봤거든. 가로등 불빛 아래로 혼 자 걷고 있는 사람의 그림자. 순간 기억이 난 거야.


스무 살이었나, 우리 한여름에 남쪽으로 여행 갔을 때. 버스 터미널 근처에 있는 트럭에서 우리 키만큼 커다란 개나리 과 자 한 봉지를 샀잖아. 주머니가 가벼웠던 우리는 온종일 그것 만 먹으면서 여기저기 걸어 다녔고. 그러다가 웬 시골 마을로 들어갔던 것, 기억해? 우사에서 만난 소들의 커다랗고 예쁜 눈, 담벼락에 흐드러진 능소화, 능소화와 꼭 같은 빛깔을 한 노 을. 골목에서 오줌 누던 진돗개. 처음 느낀 파꽃 무더기의 아름 다움. 그런 것들이 선명하게 기억나. 필름 카메라로 그 모든 걸

담던 네 모습도. 너는 그 사진들을 여전히 가지고 있을까.

그때 우리 결국엔 길을 잃어버렸잖아. 요즘처럼 스마트폰으로 지도를 볼 수도 없었고, 버스 정류장에 도착 예정 시간을 알려주는 전광판 같은 것도 없었으니까. 인도가 없어서 나란히 걸을 수도 없는 도로를, 아무 말 없이 한참 동안 걸었지. 그런데 문득 아래를 내려다보니까 그림자가 하나뿐인 거야. 순간 혼자인 것 같아서, 네가 사라져버린 것 같아서 너무 무서웠어. 얼른 뒤돌아봤고, 너는 거기 있었고, 나는 우리 그림자가 하나로 겹쳐 있었을 뿐이라는 걸 알았지. 그 순간 내가 느꼈던 안도감은 마치 손으로 만질 수 있을 것처럼 단단하고 확실한 거였어.

그래서 아까도 뒤를 돌아봤어. 당연히 아무도 없었지만. 하지만 몹시 추웠을 뿐, 별로 무섭지는 않았어. 고요했고, 오히려 평온하다는 느낌마저 들었지. 요즘 머릿속이 적잖이 시끄러웠거든. 나, 얼마 전에 알츠하이머 진단을 받았어. 아직 아무에게도 말하지 못했어.


내 결혼 소식을 누군가에게 들어서 알고 있을까. 남편과는

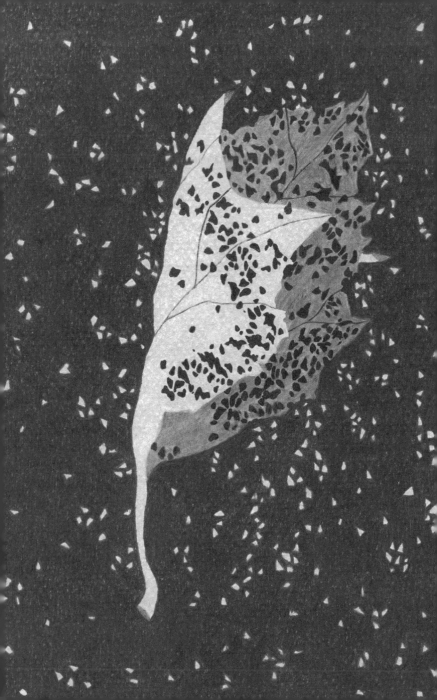

6년 전에 헤어졌어. 아마 그 이야기는 못 들었겠지. 서울 사는 딸은 올해 대학을 졸업하는데 취업 준비하느라 정신없이 바쁘고. 나는 작년부터 동네 도서관에 일자리를 구해서 한창 재밌게 지내고 있었거든. 일주일에 두 번씩 아이들에게 동화책을 읽어주는데, 꼬맹이들이 한껏 집중한 채 내 목소리에 귀 기울이는 모습을 보는 게 참 좋아. 언젠가 손주가 태어나면 들려주고 싶은 이야기들을 조금씩 모아놓고 있었는데. 그런 날이 오겠니.

한 시간쯤 걸었을까, 길가에 차를 세워놓고 담배를 피우고 있는 택시 기사 아저씨를 만났어. 아직 영업을 하시냐고 물어보니까, 내 꼴을 보니 퇴근은 조금 있다 해야겠다고 하시대. 덕분에 무사히 집에 돌아와서 뜨거운 물로 한참 동안 샤워를 했어. 좀처럼 멈출 수가 없더라. 그러고 나서 지금 컴퓨터 앞에 앉아 있는 거야. 너한테 편지를 쓰고 싶어서. 여긴 지금 새벽이야.


뭐랄까, 가장 내 마음을 어렵게 하는 건 그거야. 내가 이미 잃어버린 게 어떤 것인지 알 수 없다는 것. 앞으로 잃어버리게 될 것이 무엇일지 모른다는 것도 두려워. 언젠가는 네 얼굴도, 이름도 기억나지 않을 거고, 그 사실을 안타까워할 수조차 없겠지. 그렇다고 해서 이제 와 너를 한 번쯤 다시 만나보고 싶다거나, 그런 건 아니야. 다만 이제야 알게 된 건, 너와 함께 한 시간들이 조금도 당연하지 않았다는 것. 그래, 결국 나는 고맙다는 말을 하고 싶은 걸 거야.

　고마워. 이렇게 충분한 기억들을 선물해줘서.

# 공터의 사랑*

플랫폼에 내려섰을 때 날씨는 개어 있었다. 기차를 타고 오는 여섯 시간 동안 짙은 먹구름 지대를 두 번 지났다. 오베르슈타우펜. 이곳에 들르자고 먼저 말을 꺼낸 것은 남자였다. 여자는 이 작은 이국의 도시에서 이십대를 온전히 보냈다. 그녀는 도시 외곽에 있는 작은 병원에서 10년간 간호사로 일했다.

열차의 흔들림을 따라, 누렇게 변색된 기억들이 켜졌다가 다

---

\* 허수경, 『혼자 가는 먼 집』(문학과지성사, 1992)에 수록된 시 「공터의 사랑」에서 영
감을 받아 작성되었음.

시 꺼졌다. 눈보라가 휘몰아치던 날 턴테이블을 사러 갔던 기억. 그 턴테이블에서 줄곧 흘러나오던 나나 무스쿠리와 레너드 코언과 비틀스가, 오전 근무가 없는 날이면 혼자서 근사하게 차려 먹곤 했던 브런치가, 연락이 끊긴 동료들과 세상을 떠난 몇몇 환자들의 얼굴이 하나씩 떠올랐다가 이내 지워졌다.

큰맘 먹고 떠나온 여행이었다. 그들은 단둘이서 떠나는 긴 여행이라면 이번이 마지막일지도 모른다고, 아니 마지막이 분명하다고 생각했고 그렇다는 사실이 아쉽지는 않았다. 여행이 시작되자 여자는 완전히 잊었다고 생각했던 이국의 단어들이 몸속 어딘가에 앙금처럼 가라앉아 있었을 뿐이라는 것을 알았다. 반면 남자는 시종일관 말이 없었다. 남자는 할 줄 아는 외국어가 없었지만, 그가 말이 없는 것은 그 때문만이 아니었다. 대부분의 여정 속에서 그들은 대화가 없었다. 이제 그들 사이에 새로 배워야 할 언어 같은 것은 남아 있지 않았다. 꼭 해야 할 말도, 굳이 해야 할 말도 없었다.

여행 내내 남자의 손에는 딸들이 챙겨준 셀카 봉이 들려 있었다. 이 여정에서 자신이 할 수 있는 일이라곤 사진을 찍는 게 전부라는 듯이, 남자는 필사적이었다. 남자는 셀카 봉을 든 손을 덜덜 떨면서 최선을 다해 사진을 찍었지만 사진 속 두 사람의 얼굴은 매번 초점 없이 흐려져 있었다. 두 사람은 그때마다 허망하게 웃었으나 정작 사진 속에는 웃음기가 없었다. 셔터를 누르는 데 너무 집중한 나머지 남자는 매번 인상을 찌푸리고 있었고 여자는 렌즈가 아닌 다른 곳을 보고 있었다.

함께 깔깔대며 웃었던 것이 언제였던가, 여자는 생각했다. 여자는 남자를 돌아보았다. 남자는 입을 살짝 벌린 채 졸고 있었다. 여자는 남자의 얼굴을 찬찬히 바라보았다. 염색하지 않은 은발 사이로 검은 머리카락이 간간이 눈에 띄었다. 이마 위에 선명한 두 개의 주름과 왼쪽 광대 언저리에 퍼져 있는 희미한 검버섯을 보았다. 젊은 시절 술 마시고 친구와 주먹다짐하다가 휘어졌다는 콧대가 여전한 것을 보았다. 나이를 먹을수록 제 아버지와 똑 닮아가는 고집스러운 입매와, 막내가 빼다 박은 뭉툭한 턱도.

기차에서 내렸으나 여자는 어디로 가야 할지 알 수 없었다. 30년도 전에 자신이 살았던 집과 근무했던 병원에 들러보려고 했던 것이지만, 막상 그곳을 찾아가는 일이 한국에서 유럽까지의 비행보다 더 먼 것처럼 느껴졌다.

남자를 만나 결혼하고 딸 셋을 낳아 기르는 동안, 여자에게 시간은 유유히 흐르는 강물 같은 것이 아니라 팽팽하게 당겨진 고무줄 같은 것이었다. 요동치거나 파르르 진동하거나 끊어질 듯 위태롭거나 했다. 세 딸이 모두 장성해서 집을 떠나자, 시간은 마치 탄성한계를 넘어선 고무줄처럼 늘어져버렸다. 여자는 연극이 끝난 뒤 텅 빈 무대를 바라보는 것 같은 기분을 느꼈다. 공연은 하룻저녁 남짓이었던 것 같은데 무대에서 내려오고 나니 머리가 하얗게 새어 있었다.

남자는 여자의 처분만을 기다리며 플랫폼에 짐 가방처럼 서 있었다. 여자가 걸음을 떼자 남자도 따라 움직였다. 역을 나선 그들은 아무 말 없이 걸었다. 지금을 회상할 만한 순간이 우리에게 몇 번이나 남아 있을까. 오래전 일들은 어제 일처럼 선명한데, 최근의 일들은 외려 안개 속처럼 흐릿하다는 것을 여자는 알고 있었다.

도시는 30년 전과 다를 바 없이 고요했다. 처음 보는 가게들과 인적 드문 주택가를 지나, 작은 공원에 들어섰다. 오랜 세월 버틴 듯한 나무들 사이를 지나자 어느 순간 탁 트인 공터가 나왔다. 여자는 문득 걸음을 멈췄다. 스무 걸음쯤 멀어지고 나서야 남자는 여자를 돌아보았다.

남자가 천천히 여자를 향해 걸어왔다. 그러더니 손가락으로 그녀의 뒤쪽을 가리켰다. 여자는 그가 가리키는 쪽을 향해 고개를 돌렸다. 무지개였다. 남자는 황급히 셀카 봉을 펼쳤다. 여자는 고개를 저으며 셀카 봉을 밀어냈다. 그리고 비어 있는 남자의 다른 한 손을 꼭 쥐었다.

# 어이

내 이름은 어이.

다른 이름이 있었지만 잊었다.

    김씨와 나는 몇 년 전 공원에서 처음 만났다. 3년 전쯤, 아니 5년 전쯤이었나. 누군가 벤치 위로 털썩 주저앉았다. 그 밑에서 햇볕을 피하던 나는 깜짝 놀라 몸을 들썩였다. 벤치 밖으로 얼굴을 빼꼼 내밀자 한 노인이 은박지로 싼 길쭉한 김밥을 손에 쥐고 우걱우걱 먹는 것이 보였다. 고소한 참기름 냄새에 나도 모르게 침이 고였다. 그때 문득 노인이 나를 보았다. 그의 입가가 일그러졌다. 그 일그러짐이 미소라는 것을, 나는 며칠이 걸려 배웠다.

그는 김밥 하나를 손바닥에 얹어 내게 내밀었다. 나는 이틀, 혹은 사흘째 쫄쫄 굶은 터라 그가 내민 김밥을 빼앗다시피 물어다 허겁지겁 씹었다. 그러자 그는 나무토막처럼 단단하고 거친 손으로 내 머리를 툭툭 두드렸다. 그때 나는 다소 기분이 상했는데 실은 그게 내 머리를 쓰다듬은 것이었음을, 그것도 그로서는 최대한 부드럽게 쓰다듬은 것이었음을 알게 된 것도 꽤 시간이 지나서였다. 그럼에도 불구하고, 그때 나는 그를 따라갔다. 그는 그런 나를 흘긋 보더니 말없이 다시 등 돌려 걸었다.


사람들은 그를 '김씨'라고 불렀다. 김씨는 나를 어이, 하고 불렀다. 우리는 같은 베개를 베고 잠들었고 알람도 없이 눈을 떴다. 김씨는 잠에서 깨자마자 내 머리를 툭툭 쓰다듬는다. 그걸 신호 삼아 나는 아주 느리게 기지개를 켠다. 온몸이 쑤신다. 그런 나를 보고 김씨는 입가를 일그러뜨리며 웃는다. 이윽고 그는 끙, 소리를 내며 힘겹게 자리에서 일어나 전기주전자에 물을 끓인다. 그러고는 굽은 등을 한 채 다가와 내 밥그릇에 사료를 부어주고, 자신의 컵라면에 끓는 물을 붓는다. 그가 라면을 먹는 동안 나는 힐 수 있는 힌 친친히 사료를 밉는다. 그리면 그는 결국 내 밥그릇에 라면 국물을 조금 부어주곤 했다.

달이 희미하게 매달려 있는 새벽 어스름, 집을 나선 우리는 동네를 한 바퀴 돈다. 간밤에 사람들이 내놓은 쓰레기 더미가 우리에게는 일용할 양식. 오전 내내 발품을 팔아도 점심으로 먹을 김밥 한 줄 사기가 수월치 않았지만, 그 밖에 달리 할 일도 없었다. 누군가 이사를 했는지 낡은 가구며 잡동사니가 그득한 날도 드물게 있었다. 간혹 멀리 중고 가게 정씨가 손짓해서 가보면 망가진 고철 더미를 리어카에 잔뜩 실어주는 날도 있었다. 그런 날이면 그의 리어카를 뒤에서 밀어주고 싶었지만 내가 할 수 있는 일은 그저 뒤를 따라 걷는 것뿐, 그가 돌아보았을 때 거기 있는 것뿐이었다.

비 오는 날이면 김씨는 곧잘 발이 흠뻑 젖었다. 리어카는 비어 있을 때도 워낙 묵직해 웅덩이를 피하기 어려웠다. 나는 그것을 가볍게 총총 피해 갈 수도 있었지만 매번 그냥 김씨와 함

께 발을 적셨다. 우리가 함께 걷는 동안, 계절은 우리와 관계없이 흘러갔다. 그러나 공원 벤치에 나란히 앉아 잠시 숨을 고를 때 올려다보이던 하늘, 나뭇잎 사이로 반짝이는 햇살이나 얼굴을 스치던 바람 같은 것들은 오직 우리 둘만의 것이라고 해도 좋았다.

내가 세상에 태어난 지 15년쯤 되었나. 어떤 기억은 마치 전생인 듯 멀게 느껴지는데, 그런데도 놀라울 정도로 선명하다. 그때 나는 솜사탕처럼 보송보송했지. 꽤 오랫동안 나는 자신을 엄마, 라고 부르던 젊은 여자와 함께 조그만 원룸에서 살았다. 엄마가 출근했다가 돌아올 때까지 나는 아무것도 하지 않고 엄마를 기다렸다. 하루를 꼬박 잔 것 같은데도 눈떠보면 엄마는 없었다.

마침내 현관문이 열리고, 엄마가 어두컴컴한 방 안으로 들어서면 나는 기뻐서 폴짝폴짝 뛰었다. 엄마가 그런 나를 꼭 껴안을 때, 그녀에게서 나던 비릿한 바람 냄새. 희미한 향수 냄새. 그 모든 것이 코끝에 생생하다. 내가 어떻게 그녀와 헤어질 수 있었는지, 언제부터 혼자가 되었는지 그런 것들은 좀처럼 기억이 나지 않는다. 아니, 거짓말이다. 그 기억은 수없이 되감아 늘어나버린 카세트테이프처럼 복구 불가능한 상태가 되어버렸다.

눈이 보이지 않기 시작한 것은 한 달 전쯤이었나. 1년쯤 되었을 수도 있다. 앞서 걷는 김씨의 두 다리가 날이 갈수록 흐릿해졌다. 마침내 나는 리어카에 머리를 박고 말았다. 그러기를 몇 차례, 결국 김씨가 걸음을 멈추고 내게로 다가왔다. 내 겨드랑이에 두 손을 넣어 나를 번쩍 들어 올렸다. 그는 한참 동안 내 눈을 들여다보았다. 얼굴의 희미한 윤곽만이 보였으나, 그의 따뜻한 숨이 내 얼굴에 동그랗게 닿아오는 것이 분명하게 느껴졌다. 그는 나를 리어카 위에 올려놓았다.

아침, 김씨가 내 물그릇을 비우고 새 물을 따르는 소리가 들린다. 나는 여전히 베개에 기대어 누워 있다. 베개에서는 희미한 담배 냄새와 눅진한 땀 냄새가 난다. 밥그릇에 사료가 며칠째 그대로지만 나는 배가 고프지 않다. 김씨도 그런지, 그도 더는 컵라면을 먹지 않는다. 힘겹게 몸을 일으키려는 내게 김씨가 밀린다. 그냥 있어. 집에 있으라고.

그가 겉옷을 챙겨 입는 동안 나는 낑낑댄다. 문이 닫히는 소리에 큰 소리로 운다. 계속해서 운다.

발소리가 들린다. 그가 다시 문을 열고 돌아온다. 내게로 다가온다. 나를 번쩍 들어 올려 밖으로 나간다.


리어카의 덜컹거림.

이 덜컹거림이 계속되는 한, 나는 그와 함께일 것이다.

## 생일 파티

그녀가 세상을 떠난 것은 저녁 7시 무렵의 일이다. 또렷하게 기억한다. 그때 나는 케이크의 촛불을 끄기 위해 한껏 숨을 들이마신 참이었고, 그것을 다시 내쉬려던 찰나 전화벨이 울렸다. 동생은 전화기를 향해 뛰어갔고 내 숨은 공기 중에 맥없이 흩어졌다.

아버지가 수화기를 건네받았다. 전화를 끊고 아버지와 어머니, 나 그리고 여동생은 타오르는 불꽃을, 흘러넘치는 촛농을, 짧아져가는 촛대를, 잠시 멍하니 바라보았다. 그러다 아버지가 문득 입김을 불어 촛불을 끄기 시작했다. 곧이어 엄마와 나, 그리고 여동생이 합류했고 누가 먼저랄 것도 없이 손을 뻗어 초를 뽑았다. 열여덟 개였다. 케이크는 박스에 도로 들어갔고 박스는 냉장고에 들이밀었다. 들어와서 다시, 하고 아버지는 말했지만 다시는 다시 없었다.

그녀의 마지막 모습은, 과육이라고는 하나도 남아 있지 않은 복숭아 씨앗 같았다. 그녀는 내가 아는 사람 중에 가장 작은 사람, 나이를 한 살 먹을 때마다 키가 반 뼘씩 줄어들던 사람이다. 만날 때마다 체중이 줄어, 마지막엔 주머니에 넣을 수도 있을 것 같았다. 이름이 있지만, 그것으로 불리어본 일이 까마득해 스스로도 한참 만에야 제 이름을 떠올리는 사람. 제대로 대화를 나눠본 적이 없어서 그녀의 목소리가 기억나지 않는다. 그녀의 품에 안겨본 기억도 없는데, 누구를 껴안기에 그녀는 너무나도 조그만 사람이었다.

거의 60년을 함께 산 그녀의 남편은 그녀보다 늘 열 걸음쯤 앞서 걷는 사람이었다. 뭔가를 결정할 때 그녀의 의견을 묻거나 동의를 구하는 법이 없었고, 그녀 역시 자신이 원하거나 원

하지 않는 것을 소리 내어 말해본 일이 없었다. 밥상을 차리고, 이부자리를 펴고, 남편의 요강을 비우는 것까지 온전히 그녀의 몫이었다. 손주들이 아파트에서 키우다가 데려다 놓은 개 한 마리를 먹이는 일까지.

장례가 끝나고 그녀는 먼저 간 남편 곁에 묻혔다. 그녀는 마지막 1년간 거의 의식을 놓은 상태였다. 마지막으로 머물고 싶은 장소가 어디인지 그녀에게 물었더라면, 물어볼 기회가 있었더라면 아마도 그녀는 세차게 고개를 저었으리라.

그녀는 남편이 죽고 난 뒤부터 갑자기 고개를 젓기 시작했다. 식사하시라는 말에도 고개를 저었고, 필요한 게 없느냐는 물음에도 고개를 저었다. 나의 부모님은 그녀를 서울에 있는 우리 집으로 모셔오려고 했지만 그녀는 번번이 세차게 고개를 가로저었다. 그로부터 몇 년간 그녀의 생활이 어땠을지는 짐작하기 어렵다. 먹을거리를 사다가 냉장고에 넣어두어도 몇 주 뒤에 가보면 어김없이 썩어 있었다.

더는 안 되겠다 생각한 아버지가 그녀를 억지로 집으로 모

섰다. 여동생과 나는 어렸을 때처럼 도로 방을 함께 써야 했고, 그녀는 여동생이 쓰던 작은 방에서 지냈다. 그때 그녀는 말하는 법을 완전히 잊어버린 것 같았다. 가끔 고개를 저었고, 최소한의 음식을 먹었고, 커튼을 친 컴컴한 방 안에서 웬만해선 나오지 않았다.

물론 그녀가 우리와 함께 지낸 기간은 아주 잠시에 불과하다. 방 한구석에서 조용히 시들어가는 화분처럼, 혹은 소심한 유령처럼, 그녀는 요양원에 들어가기 전까지 약 반년 동안 있는 듯 없는 듯 우리와 함께했다. 내가 유일하게 기억하는 것은 그녀가 그 작은 방에 가져다 놓은 알 수 없는 냄새와 기저귀를 갈기 위해 그녀의 방 안으로 들어가던 아버지의 낯선 뒷모습 같은 것, 그리고.

어느 날인가, 학교에서 돌아오던 길이었다. 우리 집은 언덕진 주택가 골목에 있었고, 나는 지름길이라고 할 수 있는 계단을 주로 이용했다. 40단쯤 되는 가파른 계단이었는데 초여름이면 가장자리로 장미가 흐드러지곤 했다. 그날 계단이 있는 골목으로 접어들었을 때, 나는 멀리 붉은 장미꽃 군단 아래 쪼그리고 앉아 있는 굽은 등을 보았다. 그녀는 손가락으로 바닥에서 뭔가를 에써 집어 계단 옆 장미 덩굴 쪽으로 계속해서 던지고 있었다.

가까이 다가가 보니 그 무언가는 지렁이였다. 비가 그친 직후여서인지 계단 위에는 탈출한 지렁이들이 잔뜩 있었고, 밟혀 죽은 것들도 간혹 눈에 띄었다. 그녀는 손가락 사이로 꿈틀거리며 빠져나가는 그것들을 번번이 놓치면서도 도무지 멈추지 않았다. 나는 축축한 계단에 걸터앉아 그녀의 움직임을 한참 동안 숨죽인 채 지켜보았다.


그녀가 마지막 숨을 내쉴 때, 내 머릿속에는 문득 그날의 장면이 떠올랐고 한동안 사라지지 않았다. 촛불을 끄는 일 따위는 너무도 간단한 것이어서, 나는 더는 생일 파티를 하지 않기로 했다.

# 조개 무덤

윤은 매일 새벽 6시에 일어나 가스레인지에 냄비를 올리고 누룽지를 끓인다. 그리고 마당에 나가 신문을 가지고 들어온다. 누룽지가 끓는 동안, 식탁 의자에 앉아 신문을 펼친 윤이 제일 먼저 들여다보는 것은 오늘의 운세. 59년생 돼지띠—'가뭄에 단비가 내리는 형상이다.' 가뭄이라. 지금의 자신을 이보다 더 정확하게 표현할 수 있는 단어가 또 있을까, 윤은 생각했다. 그러나 알고 있다. 오늘도 어제와 같을 것이다.

오늘의 운세를 확인한 뒤에는 바로 부고란으로 간다. 거기에는 저명한 이들의 죽음이 있다. 혹은 그들 가족의 죽음이. 이름

옆에 괄호를 가질 수 있는 이들이 세상을 움직인다. 김아무개 씨(○○대 교수) 부친상, 이아무개 씨(○○ 방송국 국장) 별세. 그 뒤로는 가족들의 이름이 이어지는데, 그중 몇몇의 이름 옆에만 괄호가 있다. 누구나 다 괄호를 가질 수 있는 것은 아니다. 윤은 그 부분이 재미있다.

그때 익숙한 이름이 눈에 들어왔다. 김미경(○○기업 영업부장) 모친상, 미옥, 미애, ××병원 장례식장 빈소 201호. 미경이라는 이름은 흔했지만, 회사명이 윤이 기억하고 있는 것과 같았다. 머릿속에 명함 한 장이 켜졌다가 꺼졌다. 윤이 신춘문예에 몇 년째 낙방하고, 방 안에서 시름시름 말라가고 있을 때쯤이었다. 미경은 모 대기업의 로고와 제 이름이 선명히 박힌 명함을 윤에게 건넸다. 그는 외투 주머니에 그것을 구겨 넣었고, 얼마 안 가 그들은 헤어졌다.

이제 와 그 무렵을 떠올릴 때마다 생판 모르는 누군가의 과거를 떠맡은 것처럼 생경한 느낌이 드는 건 비단 세월 탓만은 아니었다. 미경은 시인이 되겠다는 자신을 말리지는 않았지만 응원하지도 않았다, 고 윤은 기억했다. 시를 적은 노트를 미경에게 보여주면 그녀는 조용히 그것을 읽어 내려갔다. 조급하게 피드백을 기다리는 윤에게 미경은 가타부타 말이 없었다. 처음에는 어떤 점이 좋다든지, 어떤 점이 별로라든지 그래도 이야기를 해주곤 했었다. 미경이 시를 읽으며 고개를 살짝 끄덕이거나 갸웃하는 것만으로도 윤은 마음이 푸르르 흔들렸고, 그런 자신을 견디기 어려웠다. 칭찬에도 비판에도 윤은 싸울 듯이 달려들었고, 그래서 결국에는 아무 말도 하지 않게 된 미경에게 윤은 원한 비슷한 것을 품게 되었다. 실은 자기 자신에 대한 원한이었을 것이다.

머지않아 윤은 부모님이 운영하던 순댓국밥 집에서 일을 배우기 시작했다. 이십대는 시와 연애에, 삼십대는 순댓국에 바쳤다. 미경과 헤어지고, 시와도 헤어졌지만 항상 몸속 어딘가에 정체를 알 수 없는 시커먼 것이 웅크리고 있는 듯한 느낌이었다. 그의 몸에선 온종일 돼지기름 냄새가 났다. 맞선으로 만난 여자와 연애랄 것 없이 결혼했다. 국밥집을 물려받았고, 곧 아내의 몸에서도 돼지기름 냄새가 났다. 아들 하나, 딸 하나를 낳았다. 장사는 제법 잘되었고 돈 걱정은 없었다. 크게 속 썩이는 자식도 없었다.

그는 이제 주방에서 나와 카운터를 지켰다. 손님이 없으니 뒷짐을 지고 선 채로, 유리창 밖으로 내다보이는 횡단보도를 바라보았다. 빨간불이 켜지고 파란불이 켜지고, 사람들이 건너가고 건너오고, 문이 열리고 누군가가 가게 안으로 들어오고, 나가고, 문이 닫히고 다시 빨간불, 파란불이 켜지는 사이 아들 딸이 독립해서 집을 떠났고 오래지 않아, 아내도 떠나겠다고 했다. 아내는 지긋지긋하다, 는 말을 남겼다.

누룽지가 끓어오른다. 윤은 신문을 내려놓고, 냉장고에서 깍두기가 담긴 플라스틱 용기를 꺼내 통째로 식탁에 올려놓았다. 누룽지가 담긴 냄비를 신문지 위에 올려놓고 후후 불며 그것을 떠먹다가 문득, 떠올랐다. 미경의 어머니를 만난 일이 있다.

미경에겐 여동생이 둘이었고 홀어머니가 어시장에서 일하며 딸 셋을 키웠다. 어느 여름인가, 방학을 맞아 고향에 내려가 있던 미경을 보러 연락도 없이 찾아간 적이 있었다. 버스에서

내려 터미널에 있던 공중전화로 전화를 걸었을 때, 미경의 목소리에 섞여 있던 것은 놀라움과 기쁨인지, 아니면 당혹감과 석대감인지 구분할 수 없는 묘한 것이었고, 그날의 통화는 한동안 윤의 마음속에 뭔가 찜찜한 것으로 남아 있었다.

윤은 미경의 얼굴을 잠깐 보고, 막회에 소주 한잔 걸치고, 아무 민박집에나 들어가 하룻밤 묵고 떠날 요량이었지만 미경은 부득부득 그를 집으로 데려갔다. 부엌에 방 하나가 딸린 작은 집이었다. 네 여자가 차곡차곡 몸을 맞대고 누워서 잠들 것이 분명한 그 작은 방에서는 비릿하고 짭조름한 냄새가 났다.

그날 저녁, 시장에서 돌아온 그녀의 어머니의 양손에는 홍합이 가득 담긴 검은 봉지 두 개가 들려 있었다. 윤은 그녀의 어머니가 끓여주신 슴슴한 홍합탕을 후후 불며 떠먹다가, 몹시 취했었다. 이후의 기억은 희미하다. 미경의 어머니의 얼굴은 아무리 떠올려보려 해도 소용없었고, 개다리소반 위에 수북하게 쌓여 있던 홍합 껍데기의 무덤만이 떠올랐다.


빈소는 사람들로 북적거렸다. 안쪽에서 육개장 냄새가 풍겨

156

나왔다. 정리되지 않은 여러 켤레의 신발들이 조개껍데기처럼 흩어져 있었다. 사람들이 술잔을 부딪치며 웃고 떠드는 소리가 들렸다. 윤은 그 소란함에 몸을 숨긴 채 미경의 얼굴을 멀리서 슬쩍 보고 싶었다. 아니, 사실 그보다 더 보고 싶은 것은 영정 사진 속의 얼굴이었다.

그때, 검은 상복을 입은 여자 하나가 그의 어깨를 스치며 빈소 안으로 들어갔다. 윤은 그 뒷모습이 누구의 것인지 단박에 알아보았다. 윤은 소매에 코를 묻고 킁킁 냄새를 맡았다. 이 누 릿한 냄새가 육개장의 것인지 자신의 것인지 알 수 없었다.

안으로 들어갈 수도, 그곳을 떠날 수도 없었다. 엉거주춤 서 있는 그를, 빈소를 드나드는 사람들이 의아한 눈길로 쳐다보았 다. 윤은 마침내 몸을 돌렸다. 빈소 밖으로 한 걸음 내딛는 순 간, 누군가 큰 소리로 윤의 이름을 불렀다. 윤은 천천히 뒤를 돌아보았다.

# 코끼리의 황홀

점심때가 지났지만 열 명도 채 되지 않는 손님이 다녀갔을 뿐이다. 김사장은 멍하니 카운터 의자에 걸터앉아 음이 소거된 텔레비전 화면에 시선을 두고 있었다. 고요한 식당 안에 선풍기 한 대만이 탈탈거리며 돌아갔다. 찬모 정씨가 앞치마에 손을 문질러 닦으며 주방에서 나왔다. 아유, 날씨 한번 드럽게 덥네. 앞치마를 풀어 테이블 위에 던지며 정씨가 말했다. 에어컨이 있기는 했지만 덥다고 불평하는 손님이 있을 때만 잠깐 틀었다 끄곤 했다. 정씨는 카운터 위에 놓여 있던 리모컨을 집어들고는 방석 위에 털썩 주저앉더니 텔레비전 볼륨을 키웠다.

낮잠이라도 한잠 주무시지. 정씨가 말했다. 언제부턴가 정씨는 줄곧 그런 말투를 했다. 반말도 아니고 존댓말도 아닌, 들으라고 하는 말인지 혼잣말인지 모를 그런 말투를.

주방 찬모만 대여섯 명가량에 종업원들이 열 명 가까이 되던 시절도 있었다. 그날 이후, 김사장은 더는 손에 물 한 방울 묻힐 일도, 쟁반을 나를 일도 없었다. 아침마다 공들여 화장을 하고, 새로 산 메이커 정장을 차려입고 카운터 앞에 앉아 온종일 돈을 만졌다. 이런 게 인생 역전이구나 싶었다. 명절 때만 나타나던 아들 내외가 한 달에 한 번씩 나타나 얼굴을 비쳤다. 남편은 결혼 30년 만에 취미 생활을 시작했다. 아침이면 스크린골프장으로 출근했다가 저녁 늦게야 집에 돌아와서는, 양주를 홀짝이며 애국가가 나올 때까지 텔레비전을 보았다. 간암으로 세상을 뜰 때까지, 남편은 소주는 거들떠보지도 않았다.

몸이 녹아 흘러내리는 것 같은 기분이었다. 새삼스럽게 식당 벽이 사장의 눈에 들어왔다. 군데군데 코끼리 그림이 그려져 있는, 낙서로 가득 찬 벽지는 누렇게 변색되어 있었다. 새로 도

배한 게 엊그제 같은데 벌써 10년도 더 된 일이라니 믿기지 않았다. 벽에 걸린 메뉴판 옆에는 연예인들의 사인이 적힌 코팅 종이가 스무 개쯤 붙어 있었다. '코끼리 식당 대박이네요' '코끼리 정식 최고예요' 가수인지 개그맨인지, 기억나지 않는 누군가가 그렇게 적어놓았다. 한번 본 적도 없는데 연예인이 왔다고 손님들이 수군거리면 무조건 가서 A4 용지와 매직펜을 내밀곤 했다.

　다른 한쪽 벽에는 커다란 액자가 여섯 개쯤 걸려 있었다. 사장은 홀린 듯 자리에서 일어나 액자가 걸려 있는 벽 앞으로 다가갔다. 그러고는 무슨 전시회에 온 것처럼 벽에 걸린 액자들을 하나하나 찬찬히 들여다보았다. 액자 속에는 텔레비전 방송 화면을 캡처한 사진과 스크랩한 신문 기사들이 들어 있었다. 색 바랜 사진 속에 코끼리 두 마리가 보였다. 분홍과 파랑의 알록달록한 조끼를 걸친 코끼리의 커다란 엉덩이가 눈에 들어왔다. 다른 한 마리는 플라스틱 보석이 가장자리에 박힌 조끼를 입고 기다란 코로 테이블을 뒤집고 있었다.

10년 전 봄, 어느 날이었다. 그날 아침 남편은 평소 하지 않던 꿈 이야기를 했다. 꿈에 현직 대통령이 나타나 함께 웃통을 벗고 수영을 했다는 것이다. 로또를 살까, 남편은 중얼거렸지만 두 사람 다 꿈 같은 건 곧 잊어버렸다. 어제와도, 그저께와도 다를 게 없는 하루였다. 식당 문을 연 지 15년, 그쯤 되자 먹고살 만했다. 붐비는 법은 없었지만 그렇다고 파리가 날리는 법도 없었다.

그런데 그날 오후 3시, 근처 동물원에서 코끼리 네 마리가 탈출했다. 라오스에서 왔다는 그 코끼리들은 쇼를 하고 우리로 돌아가는 길에, 푸드덕 날아가는 비둘기 떼에 놀라 동물원을 뛰쳐나왔다고 한다. 300미터 남짓, 한낮의 거리를 달려 굳이 뛰어든 곳이 바로 부부의 식당이었다. 유리문이 부서졌고 테이블 몇 개가 두 동강 났다. 여종업원 하나가 도망치다 넘어져 뒤통수가 찢어졌지만 다행히 그밖에 다친 사람은 없었다.

국내 방송국들은 물론이고, 무슨 대단한 일이라고 일본 아사히TV와 미국 CNN까지 다녀갔다. 보상금으로 2천만 원을 받았다. 그 돈으로 인테리어를 싹 바꿨고, 그 과정을 찍은 다큐멘

터리가 방송되었다. 일본에서 관광객들이 찾아왔다. 식당 이름도 바꿨다. '코끼리 식당'. 새로 내건 간판에는 코끼리 세 마리가 그려져 있었다. 신메뉴도 하나 만들었다. 7천 원짜리 '코끼리 정식'에는 제육볶음과 조기구이, 계란찜과 아홉 가지 반찬이 딸려 나왔다. 물론 코끼리와는 아무 관련 없었다. 코끼리 정식을 먹으려고 사람들이 줄을 서서 기다렸고 매상은 30퍼센트 이상 훌쩍 올랐다.

하지만 호황은 그리 오래가지 않았다. 단골이었던 손님들은 떨어져 나갔으며, 소문을 듣고 찾아온 손님들은 단골이 되지 않았다. 새로 들인 직원들을 도로 하나씩 내보내고 이제 정씨 하나만 남았다. 사장은 정씨를 돌아보았다. 정씨는 등을 벽에 기댄 채 고개를 꾸벅이며 졸고 있었다. 김사장은 다른 액자 속에서 환하게 웃고 있는 10년 전 자신의 모습을 발견했다. 빨간색 투피스 정장을 입고 코끼리 우리 앞에 서 있는 그녀의 손에는 당근 하나가 들려 있다.

사건이 있고 한 달 뒤, 남편과 함께 코끼리들을 찾아간 적이 있었다. 남편과 단둘이 동물원에 간 것은 연애할 때 이후로 처음이었다. 물론 단둘이서 간 것은 아니었고 카메라 몇 대가 동행했다. 당근 한 박스를 사 들고 갔다.

고끼리들은 아무 일 없었다는 듯이 우리 안을 어슬렁거렸다. 사육사는 코끼리 한 마리를 가리키며 녀석의 이름이 '봉이'라고 했고, 그날 식당을 찾아갔던 녀석 중 하나라고 말했다. 그녀는 기자가 시키는 대로 봉이에게 당근을 내밀었고, 봉이는 코로 그것을 받았다. 그녀가 웃음을 터뜨리자 플래시가 터졌다.


김사장은 갑자기 동물원에 가보고 싶었다. 봉이를 보고 싶었다. 김사장은 정씨의 어깨를 흔들어 깨우고는, 양산도 없이 식당을 나섰다. 동물원까지는 십 분도 채 걸리지 않았지만 금세 온몸이 땀으로 흠뻑 젖었다. 그녀는 코끼리 우리를 찾아갔다. 거기에는 단 한 마리의 코끼리만이 남아 있었다. 그 녀석이 봉이인지, 그날 탈출했던 네 마리 코끼리들 중 하나이기는 한지 전혀 알 수 없었다.

코끼리는 우리의 한쪽 끝까지 바쁘게 걸어갔다가, 다시 다른 한쪽 끝까지 걸어가기를 반복했다. 그녀는 그 움직임을 눈으로 좇았다. 어째서인지 코끼리가 멈추지 않았으면 싶었다. 그 모습을 영원히 바라볼 수도 있을 것만 같았다.

# 봄날은 간다

나는 할머니가 우는 것을 딱 한 번 봤는데, 마을 중앙에 있던 커다란 은행나무가 베어졌을 때였다. 은행나무 옆에 조그만 아파트가 있었다. 나무가 너무 자라서 볕이 들지 않는다고 아파트 사람들이 민원을 넣은 모양이었다. 어떤 나무들은 너무 오래 살아서 마음대로 베지 못하게 울타리도 쳐놓던데, 그건 그렇게까지 오래된 나무는 아니었나 보다.

할머니와 나는 종종 그 나무 밑으로 산책을 갔다. 나란히 그늘 밑에 앉아 있곤 했다. 아무 말도 하지 않고, 아무것도 하지 않은 채로. 나는 그때 시간이 시곗바늘에 매달려 있는 것이 아니라 공기 중에 고여 있다는 것을, 그렇게 고인 채로 시시때때로 모양과 빛깔을 바꾼다는 것을 알게 되었다. 바람에 흔들리는 나뭇잎, 그 사이로 부서지는 햇살을 바라보고 있으면 저절로 그런 생각을 하게 되었다.

그날, 할머니는 잘린 나무 밑동 앞에 쪼그리고 앉아서 아이처럼 엉엉 울었고, 정말 아이였던 나는 어쩔 줄 몰라 했다. 할머니도 우는 존재라는 걸 그때 처음 깨달았기 때문일 것이다.

내가 여섯 살 때 엄마 아빠가 이혼했고, 나는 초등학교를 졸업할 때까지 할머니와 살았다. 싸리 울타리에는 심지도 않은 나팔꽃 덩굴이 우거져 있었고 여름이면 연보라색 꽃이 피었다. 마당에는 커다란 가마솥이 있었는데, 거기에선 사시사철 물이 끓고 있었다. 아침이면 파란색 플라스틱 바가지로 펄펄 끓는 물을 퍼다가 마당에 있는 수돗가에서 세수도 하고 머리도 감았다.

불을 피우는 것은 언제나 내 담당이었다. 우리는 뭐든지 아궁이에다가 집어넣었다. 재활용 같은 건 안 했다. 마른 낙엽이든 비닐이든 모조리 거기 집어넣어 태웠다. 나는 기다란 부지 깽이로 아궁이를 쑤석거리며 불꽃을 바라보는 것을 좋아했다. 이런 불꽃이 점점 꺼져서 환한 타오르는 모습은 보고 또 봐도 질리지 않았다. 그러고 나면 몸에는 한동안 매캐한 냄새가 남았는데, 그 냄새도 좋았다.

친구들과 뛰어노는 것보다 할머니랑 있는 게 더 편했다. 할머니는 내게 뭘 하라든가 어떤 사람이 되라든가 하는 얘기를 한 번도 한 적이 없다. 물론 할머니는 대체로 말이 없는 사람이었다. 그리고 나도 따라서 조용한 아이가 되었다. 대화가 없어도 충분했기 때문이다. 그래도 우리 둘 다 노래 부르는 건 좋아했다. 안방에 외삼촌이 가져다 놓은 노래방 기계가 있어서, 저녁마다 할머니와 나는 노래 시합을 하곤 했다. 할머니의 18번은 〈봄날은 간다〉였다. '연분홍 치마가 봄바람에 휘날리더라' 하고 할머니가 시작하면 나도 목청껏 따라 불렀다.

이제 와 생각해보면 할머니는 그때 가장 젊었다. 나도 조금만 더 세월이 지나면 홀로 어린 손녀를 돌보던 그 시절 할머니 나이가 된다. 물론 내게는 자식도 손주도 없지만, 다른 존재를

먹이고, 입히고, 그의 키를 자라게 하는 것이 얼마나 어려운 일인지는 어렴풋이 알 것 같다. 누군가에게 어른다운 어른이 되어주는 것, 그 역시 나이를 아무리 먹는다 해도 좀처럼 해내기 힘든 일이라는 것도.

할머니가 돌아가신 후, 나 혼자 예전 은행나무가 있던 자리에 가본 일이 있다. 주변에 또 다른 나무들이 어느덧 훌쩍 자라서 제법 그늘을 만들고 있었다. 머리가 하얗게 샌 할머니 두 분이 잘린 나무 밑동에 걸터앉아 있었다. 서로 아는지 모르는지, 대화도 없이 오도카니. 나도 곁에 한 자리 차지하고 앉았다. 반질반질해진 나무 몸통을 손으로 쓸어보았다.

그 시간들이 할머니와 나의 봄날이었다. 그 시간들이 내 안에 나이테처럼 켜켜이 쌓여서, 저는 이런 사람이 되었습니다. 노래방에 가면 무조건 413번을 누르는 사람이. 당신만큼은 아니지만 나물을 제법 맛있게 무치는 사람이. 언젠가 내게도 손주가 생긴다면 나도 그 애와 나무 밑으로 산책을 갈 것이다. 할머니의 노래를 가르쳐줄 것이다.

우리는 우리의 궤도를 따라

## 햇빛 마중*

　밤 10시, 성언은 녹초가 되어 잠자리에 눕는다. 다른 뭔가를 하기에는 너무 지쳤다는 생각이 든다. 그렇게 잠깐 덮치듯 찾아오는 졸음에 몸을 맡겼다가 눈 뜨면 겨우 자정. 다시 잠들어 보려고 하지만 무력하다. 휴대폰으로 SNS의 피드를 끝없이 넘기다가 지칠 때쯤 되어서야 자리에서 일어난다.

　새벽 2시, 성언은 안양천 자전거도로 위를 달리고 있다. 한

---

　* 이상은의 노래 〈바다여〉의 가사 '새벽 4시에 편의점에서 우는 그대여'에서 영감을 받아 작성함.

시간쯤 달려 방화대교 입구를 찍고 돌아온다. 지난여름부터 하루도 빠짐없이 그렇게 했다. 비가 오면 우비를 입고 달린다. 돌아올 때쯤엔 몸이 제법 피곤하고, 그러면 한두 시간쯤은 다시 잘 수 있으니까.

안양천은 염창교 근처에서 한강과 만난다. 계속 달리면 바다가 나오겠지, 성언은 생각한다. 나는 바다를 보고 싶은가. 그건 아니다. 아니라는 것을 안다. 그냥 뭔가 다른 풍경을 보고 싶을 뿐. 하지만 집으로 돌아가 잠시라도 눈을 붙여야만 또다시 하루를 이어갈 수 있다는 것 역시 알고 있다. 같은 코스를 달려, 같은 시간에 잠들고 깨기를 반복하는 것으로 애써 무언가가 끊어지지 않고 있다고 생각한다.


방화대교 근처에 도착하면 성언은 오도카니 홀로 불을 밝히고 선 편의점에 들어가 컵라면을 하나 산다. 첫날, 고르기가 귀찮아서 매대의 첫 줄 가장 왼쪽에 놓인 것을 집어 들었고, 그후로 매일 차례대로 하나씩 사 먹었다. 어제는 비빔면을 먹었고, 오늘은 부대찌개 면을, 내일은 나가사키짬뽕을 먹게 될 것이다. 매일 똑같은 하루에 유일하게 새로운 것. 요즘 그나마 내게 가장 기쁜 것은 이것이라고, 겨우 이것이라고 생각하면서.

내내 두 번째 줄에 접어들었을 즈음부터 점원은 성언을 알아보기 시작했다. 점원은 인사성이 바르다. 오셨네요, 하고 웃으면서 인사한다. 새벽 3시에 그렇게 환한 얼굴을 하고 있다니 거짓말 같다고 성언은 생각한다. 하지만 인사 외에 다른 대화를 나눈 적은 없다. 점원은 반듯한 성격인 듯, 음료도 컵라면도 라벨이 모두 정확하게 정면을 향해 있고, 각도에 흐트러짐 하나 없다. 성언이 컵라면을 먹는 동안, 점원은 콧노래를 흥얼거리면서 새로 들어온 물건들을 검수한다.

성언은 그 편의점에서 자신 외에 다른 손님을 한 번도 본 적이 없다. 편의점 안은 이상할 정도로 평화롭다. 오늘이 지구 최후의 날이고, 세상에 유일하게 남은 두 사람의 인간이 그 점원과 성언 단둘인 것만 같은 기분. 일종의 성실함으로, 점원은 오늘도 경건하게 물건들의 각을 맞추고, 성언은 이번 생의 마지막 컵라면을 씹는 고요한 밤. 그렇다면 그건 조금 슬프지 않은가, 성언은 생각한다.

그런데 그날, 다른 누군가가 있었다. 바 테이블 끝에, 검은색 트레이닝복을 입은 남자가 앉아 있었다. 두 팔에 머리를 묻고 엎드린 채로. 이 편의점은 자전거를 타거나 차를 타고 지나가다가 들를 수는 있어도, 새벽에 맨발에 슬리퍼를 끌고 걸어올 만한 곳은 아니었다. 컵라면이 익기를 기다리는 동안, 성언은 남자 쪽으로부터 흘러나오는 작은 흐느낌을 들었다. 그 옆에 앉아 후루룩거리며 라면을 먹기가 뭣해서 성언은 컵라면을 들고 편의점 밖으로 나왔다. 가을이 깊어가고 있었지만 아직 그리 춥지는 않았다.

성언이 편의점 앞에 놓여 있는 플라스틱 테이블에 앉아 컵라면을 먹고 있는데, 울고 있던 남자가 밖으로 나왔다. 그러고는 쪼그려 앉아 담배에 불을 붙였다. 잠시 후 남자가 성언의 뒤통수에 대고 물었다.

맛있어요?

성언이 남자를 돌아보았다. 이십대 초반 정도로밖에 보이지 않는 앳된 얼굴이었다.

네?

맛있냐고요.

그냥 그래요.

성언이 대답했다.

근데 왜 먹어요?

남자가 물었다.

싸우자는 건가. 성언은 생각했다. 하지만 싸우고 싶은 마음
은 조금도 없다. 성가시고, 피곤하다. 성언이 아무런 대답도 하
지 않자 남자가 또다시 물었다.

그냥 그런데 왜 먹냐고요.

시비조는 아니었다. 성언이 마지못해 대답했다.

습관이에요.

남자는 고개를 끄덕거리더니, 더는 아무 말 없이 담뱃불을
비벼 껐다. 그러고는 자리에서 일어나 강변 쪽으로 걸어가기
시작했다. 거긴 길도 없는 곳이었다.

따라가야 할까. 그래야 할 것 같았다. 성언은 편의점 앞에 자
전거를 그대로 세워두고, 스무 걸음쯤 떨어진 채로 남자를 따
라 걸었다. 남자는 강둑에 다다르더니 또다시 담뱃불에 불을

붙였다. 따라오는 것을 알고 있었던 모양인지, 태연한 얼굴로 성언을 돌아보았다. 그러고는 이쪽으로 오라는 듯 손짓했다. 성언은 잠시 망설이다가 남자 쪽을 향해 걸어갔다. 그때 남자가 손가락으로 한쪽을 가리켰다. 나무에 가려 보이지 않던 방화대교가 순간 한눈에 들어왔다. 방화대교는 주황색 불빛으로 환하게 빛나고 있었다.

크리스마스 같지 않아요?

남자가 담배 연기를 내뿜으며 말하더니 흐흐흐, 하고 웃었다. 그렇네요, 성언이 고개를 끄덕였다.

정말 그랬다. 매일 밤 저 불빛을 종착점 삼아 여기까지 달려왔으면서도, 무감했었다. 단 한 번도 한 적 없었다. 아름답다거나, 축제 같다거나, 그런 생각은. 남자가 담배 한 개비를 꺼내 성언에게 건넸다. 담배를 끊은 지 오래였지만 성언은 그것을 받아 입에 물었다. 남자가 불을 붙여주었다. 성언이 담배를 다 태울 때까지 곁에서 기다리던 남자가 말했다.

고맙습니다.

성언은 휴대폰으로 시간을 확인했다. 새벽 4시 30분. 지금 출발하면 잠을 더 자지는 못하더라도 지각은 하지 않을 것이다. 성언은 서둘러 페달을 밟았다. 아까보다 하늘이 밝아진 느낌이었다. 그때였다. 뭔가가 성언 앞으로 달려든 것은. 깜짝 놀란 성언은 급히 핸들을 꺾었고, 웃자란 수풀 위로 맥없이 넘어지고 말았다. 자전거에 깔린 다리에서 통증이 느껴졌다.

고개를 돌리자 뭔가와 눈이 마주쳤다. 고라니였다. 아직 어려 보이는 고라니 한 마리가, 다섯 발짝쯤 떨어진 곳에서 청정한 얼굴을 하고 성언을 쳐다보고 있었다. 그러고 보니 근처에 생태공원이 있었지. 성언은 누운 채로 고라니를 바라보았다. 고라니도 성언을 바라보았다. 성언은 흐흐흐, 하고 웃었다. 이렇게 실없이 웃어본 게 얼마 만인가 싶었다.

성언이 자리에서 일어나자, 고라니는 고무공처럼 통통 튀어 멀어졌다. 성언은 옷에 묻은 흙을 털어내고, 조심스럽게 발을 디뎌보았다. 잠시 찌르는 듯한 통증이 지나갔지만, 페달을 밟지 못할 정도는 아니었다. 성언은 자전거를 일으켜 세웠다. 심호흡을 하고, 다시 달리기 시작했다. 이번에는 아주 천천히. 신

선한 새벽 공기가 몸을 타고 흐르는 것이 느껴졌다. 동이 트고
있었다.

# 동물원에서

희주는 벌써 1년째 학교로 돌아오지 않고 있었다. 2학년 2학 기가 끝나자마자 고향인 D시로 돌아가더니 그대로 휴학계를 냈다. 희주에게는 늘 내가 먼저 문자로 안부를 물었고 '별일 없다'는 별 볼일 없는 대답만이 돌아왔다. 겨울방학이 시작되면 놀러 가겠다고 했을 때 희주는 오지 말라고 하지는 않았다. 여기에는 갈 만한 곳도, 볼 만한 것도 없다고 대답했을 뿐이다. 너 보러 가는 거지, 라는 문자에 하루가 지나도록 답이 없다가 다음 날 저녁 무렵에야 '동물원에 가자'라고 문자가 왔다. 나는 알겠다고 답했다.

방학이 시작되고 며칠 지나지 않아 나는 D시로 출발했다. 서울에서 버스로 한 시간이면 닿는 거리인데 이제껏 우연히도 들를 일이 없었다. 희주는 터미널로 마중 나오겠다고 했다. 버스가 D시로 진입하자 도시의 풍경이 눈에 들어왔다. 생각보다 번화했다. 건물들에는 하나같이 알록달록하고 요란한 간판들이 붙어 있었는데도 전체적으로 낡고 황량한 느낌이 들었다.

터미널 대합실에서는 덜 마른 걸레 냄새가 났다. 희주에게서 곧 도착한다는 문자가 와서 나는 건물 밖으로 나갔다. 잠시 후 검은색 승용차 한 대가 내 앞에 멈춰 섰다. 창문이 내려가더니 선글라스를 낀 희주가 야, 타, 라고 했다. 차를 가지고 올지는 몰랐다. 어머니 차라고 했다. 단발이었던 희주는 머리카락을 가슴께까지 기르고 있었고 살이 조금 찐 것 같았다.

면허가 있었어?

차에 올라타며 내가 묻자 희주는 지난달에 땄다고 대답했다. D시에 내려오자마자 면허부터 따려고 했는데 도로 주행에 번번이 떨어지다가 겨우 붙었다고. 선글라스를 끼고 운전을 하는 희주의 모습이 어른스러워 보여서 낯설었다. 희주는 신나게 액

셀을 밟았고 나는 안전띠를 바짝 조여 맸다. 출발할 때는 내비게이션에 소요 시간이 이십오 분이라고 나왔는데 십오 분 만에 도착했다. 주차장에 차가 다섯 대 정도밖에 없었다. 동물원 간판은 녹물이 흘러내려 흉물스러웠다.

문 연 거 맞아?

내가 말했다. 희주가 실없이 웃었다. 매표소 직원이 귀찮다는 듯 입장권을 내주었다.


한겨울의 동물원은 썰렁했다. 잎 없는 나무들과 누렇게 뜬 잔디밭. 칠이 벗겨진 회전목마와 동물원 전체를 한 바퀴 도는 하늘 자전거가 있었는데 운행은 하지 않는 것 같았다. 희주와 나는 말없이 안쪽을 향해 걸었다. 종 모양을 한 철창 안에 대머리 독수리가 한 마리 있었다. 바닥에 깃털이 잔뜩 떨어져 있었다. 이어서 토끼와 닭과 칠면조가 있었고, '고양이'라고 팻말이 적힌 우리도 있었는데 안에는 아무것도 없었다. 얼룩말 몇 마리 사이에 당나귀 두 마리가 끼어 있는 게 보였다. 조그만 원숭이들은 우리에게 등을 돌린 채 스크럼을 짜듯 동그랗게 모여 있었다.

초등학교 때 소풍으로 몇 번 와봤는데, 한 번 더 와보고 싶었어.

희주가 말했다. 희주는 인도와 잔디밭 사이의 경계석 위로 평균대를 걷듯 걷고 있었다. 왜? 하고 내가 묻자 희주가 대답했다.

확인하고 싶은 게 있었거든.


희주는 초등학교 6학년 때 마지막으로 이곳에 소풍을 왔다. 동물원에 북극곰이 새로 들어왔다는 소식이 지역 뉴스에 나오고 얼마 되지 않았을 때였다. 동물원 여기저기에 그 사실을 홍보하는 현수막이 붙어 있었다. 아이들은 북극곰을 보려고 신이 나서 우리로 몰려갔다. 희주도 그 사이에 끼어 있었다.

유난히 더운 늦봄이었다. 어째서인지 북극곰의 털이 군데군데 녹색이었다. 곰은 아마도 플라스틱으로 되어 있을 가짜 빙하 위를 걷고 있었다. 춤이라도 추듯이 리드미컬하게 몸을 흔들면서, 빙하 한쪽 끝에 닿으면 반대편으로, 반대편 끝에서 다

시 반대편으로. 아이들은 금방 흥미를 잃고 다른 동물 우리로 몰려갔지만, 희주는 왠지 걸음을 뗄 수 없었다고 한다. 북극곰도, 자신도 완전히 잘못된 곳에 놓여 있다는 생각을 했다. 까닭도 모른 채, 벗어날 길도 없이. 희주는 그때 겨우 열세 살이었지만 처음으로 사는 게 버겁다는 생각이 들었다.

그래서 확인하고 싶었다고. 녀석이 아직까지도 잘 살아 있는지 확인하면 왠지 모든 게 괜찮아질 것 같아서. 나는 동물원 지도를 펼쳤다. 북극곰 우리는 동물원 가장 끝 쪽에 있었다.

근데 잘못된 생각이었어.

희주가 말했다.

돌아가자.

나는 고개를 끄덕였다.

확인하지 않는 편이 나을 것이다. 나도 그렇게 생각했다.


뒤돌아 터벅터벅 걷고 있는데, 희주가 갑자기 저거 타볼래, 하고 물었다. 저 멀리 직원 하나가 하늘 자전거 출입구에 달린 자물쇠를 열고 있는 게 보였다. 잔뜩 녹슨 자전거는 선뜻 올라타기 어려운 모양새였지만, 그냥 이대로 돌아가기도 아쉬웠으니까.

사선거는 파식 두 개기 니란히 한 쌍이었고, 우리가 올라타자 위태롭게 흔들렸다. 천천히 페달을 밟았다. 끽끽거리는 날카로운 금속음이 들렸다. 심장이 쿵쾅거렸다. 경사면을 지나 본격적인 궤도에 진입하자 찬바람이 강하게 얼굴을 때렸다. 희주와 눈이 마주쳤다. 우리는 웃음을 터뜨렸다. 자전거는 흔들리고 흔들리면서 궤도를 타고 나아갔다. 이제 와 땅으로 내려가는 방법은 계속 나아가는 것뿐이었다.

# 원탁의 정과장

정은 두 시간째 테이블 위에 말라붙어 있는 커피 얼룩을 들여다보는 중이었다. 그건 마치 아메리카 대륙처럼 보였다. 혹은 소의 머리 같기도 했다. 닦아낼 수도 있었지만 그렇게 하지 않았다. 그 얼룩은 지금 정이 바라볼 수 있는 유일한 것이었다.

이틀 전 출근했을 때, 정은 자신의 책상이 더는 자신의 것이 아님을 알았다. 정의 자리에는 최대리가 앉아 있었다. 최대리는 안됐다는 표정으로 돌아보더니, 출입문 쪽을 가리키며 말했다. 부장님 지시입니다. 최대리의 손가락이 가리키는 곳에, 바로 이 원탁과 접이식 의자가 놓여 있었다. 탕비실에 있던 것을 누군가 가져다 놓은 것이었다.

정은 생각했다. 다른 사람이 아니라 왜 하필 자신인지. 답은 의외로 쉽게 찾을 수 있었다. 그는 15년간의 회사 생활 동안 지각 한 번 한 적이 없었고, 큰 사고를 친 적도 없었다. 그러나 대단한 성과를 낸 일도 없었다. 과장 승진은 누구보다 천천히, 세월에 밀려 꾸역꾸역 일어난 일이었다. 정 자신을 포함해 모두가 그렇게 생각했다. 한참 동안 커피 얼룩을 노려보던 정은 결심했다. 버티자. 지금까지 그래왔던 것처럼.

정은 절대로 의자에서 엉덩이를 떼지 않았다. 점심은 집에서 싸 온 도시락으로 해결했고, 물도 마시지 않았다. 물론 정이 엉덩이를 붙이든 떼든 거기에 신경 쓰는 사람은 아무도 없었다. 일주일이 지났다. 정은 서서히 사무실 풍경의 일부가 되어갔다. 몇 년 동안이나 벽에 걸려 있었지만 아무도 시선을 주지 않는 액자처럼.


그날 오후, 정은 부장실에 불려갔다. 이부장이 말했다.

심심하고 힘들죠.

느닷없이 다정한 음성에 정은 흠칫했다.

지난 몇 주간 정과장이 그렇게 꼼짝 않고 자리를 지키는 모습을 보고 내가…… 감동해서 이렇게 일을 맡기는 겁니다.

이부장이 금전수 화분을 가리키며 말했다.

정과장이 당분간 이 돈나무를 관리하도록 해요.

저, 정말이십니까?

정이 되묻자 이부장이 고개를 끄덕였다. 영업부 내에서 그 화분은 '전설의 돈나무'로 통했다. 이부장이 그것으로 영업의 운을 점치곤 했기 때문이다. 이파리 하나가 시들시들하면 매출이 떨어질 것을 예감했고, 그 예감은 대부분 들어맞았다. 그러나 회사 매출은 언젠가부터 오른 적이 거의 없었고, 이파리는 시들어 있기 마련이었다.

정은 금전수 화분을 껴안고 부장실을 나섰다. 실한 수박 한 통만큼 묵직했다. 정은 원탁 위에 조심스럽게 화분을 올려놓았다. 그러자 남은 공간이 거의 없어서 테이블은 마치 커다란 화분 받침대 같았다. 정은 잠자던 세포들이 깨어나는 것 같은 기쁨을 느꼈다. 그리고 싶지 않았지만 스스로 어쩔 수가 없었다.

정은 새로 주어진 업무에 충실하고 싶었다. 주말에 도서관에 가서 금전수에 관한 책을 빌렸다. '돈을 부르는 풍수 인테리어'라는 책의 금전수 항목에는 이렇게 적혀 있었다. '직사광선을 싫어합니다. 하지만 음지에서는 잘 자라지 못합니다.' 정은 신중하게 블라인드를 조절해 햇빛이 잎에 닿지 않도록 했다. '다육과 식물이라 물은 20일에 한 번씩만 주면 됩니다.' 20일 후는 목요일이었다. 그는 달력에 동그라미를 치고 '물'이라고 적었다. 그러고 나서는 가방에서 스프레이를 꺼냈다. 김빠진 맥주로 잎을 닦아주면 좋다고 해서 준비해온 것이었다. 정은 마른 헝겊으로 이파리를 하나하나 닦기 시작했다. 잎을 다 닦고 나니 오전 10시였다. 더는 할 일이 없었다.

정은 금전수와 관련된 내용을 검색하다가 금전수가 잎꽂이가 가능한 식물이라는 것을 알게 되었다. 정은 탕비실에 가서 종이컵 두 개에 물을 담아 왔다. 그리고 조심스럽게 이파리 두 장을 떼어내어 컵에 넣었다. 며칠 만에 뿌리가 돋아나기 시작했다. 15년간의 회사 생활을 통틀어 정은 그 순간이 가장 보람 찼다. 사비로 화분을 구입해 분갈이를 했다. 금전수 화분은 이

제 세 개로 늘어났다.

정은 9시에 출근해 가능한 한 느린 동작으로 금전수를 돌보았다. 그리고는 가만히 앉아서 금전수를 바라보거나 가만히 졸거나 했다. 그게 정의 새로운 일과였다. 햇살은 종일 방향을 바꾸었지만 정은 꼼짝도 하지 않았다.


최대리는 출근 전, 회사 앞에 있는 카페에서 아메리카노를 한 잔 샀다. 커피 향이 기가 막혔다. 주말에 여자 친구와 백화점에서 쇼핑한 새 셔츠가 맞춤옷처럼 꼭 맞아서 기분이 산뜻했다. 그가 사무실에 들어섰을 때, 직원들이 게시판 앞에 모여 있는 것이 보였다. 거기에는 퇴사자 명단이 적혀 있었다. 제일 위에 이부장의 이름이 있었다. 매출이 곤두박질친 데 책임을 지고 사표를 냈다고 했다.

그때 최대리의 머릿속에 정과장의 구부정한 뒷모습이 떠올랐다. 그의 존재를 까맣게 잊고 있었다. 정의 이름은 명단에 없었다. 최대리는 정이 앉아 있던 사무실 구석 자리를 찾았다. 금전수 화분들로 가득 찬 그곳은 마치 정글처럼 울창했다. 그리고 그는 보았다. 구부정하게 자라난 커다란 금전수 한 그루가, 화분도 없이 바닥에 뿌리를 내리고 있었다.

# 피터 팬

조회 시간에 쓰러졌던 그가 눈을 떴을 때, 그곳은 병원이었다. 그는 잠자는 숲속의 공주처럼 깊고 오랜 잠을 잤다고 했다. 자그마치 한 달을 잠들어 있었던 것이다. 놀랍게도 몸 상태는 지극히 정상이라고, 의사는 말했다. 잠에서 깨어났을 때, 그는 마치 다른 사람이 된 것처럼 몸이 가벼워졌음을 느꼈다. 그는 많이 야위어 있었으나, 그가 느낀 것은 전혀 다른 종류의 가벼움이었다. 꼭 그대로 사뿐히 공중으로 떠오를 수 있을 것만 같았다.

학교로 돌아갔을 때, 아이들은 이미 그를 잊어버리고 있었다. 아니, 처음부터 존재감이 없었던 터라 그는 새 학기를 맞는 기분으로 모든 걸 새로 시작해야 했다. 그렇다고 해도 달라진 것은 아무것도 없었다. 여전히 그는 혼자 밥을 먹고, 체육 시간에 파트너를 정할 때는 제일 마지막에 뽑혔으며, 수업에 들어가지 않고 도서실 책꽂이 사이에 숨어 있어도 아무도 그를 찾지 않았다. 그는 화장실 거울 앞에서 자신의 얼굴을 들여다보았다. 투명해진 걸까. 완전히 투명해져서 몸이 이토록 가벼운 걸까.

그의 몸은 무중력 상태처럼 가벼웠다. 가끔씩 그는 정말로 무중력 상태가 되곤 했는데, 그 일은 주로 집에 아무도 없을 때 방 안에서 일어났다. 마음만 먹으면 그는 언젠가 텔레비전에서 보았던, 우주복을 입은 남자가 어둠 속을 유영하던 것처럼 방 안을 둥둥 떠다닐 수가 있었다. 그것은 거의, 아주 쉬운 일이었다. 자리에 누워 천천히, 방 안을 떠다니는 상상을 하면 실제로 두둥실 몸이 떠올랐던 것이다.

그는 종종 천장에 매달린 형광등에 부딪혔고, 책상 위에 올라가지 않으면 꺼낼 수 없었던, 책꽂이 맨 꼭대기에 깊숙이 꽂혀 있는 큰형의 빨간 잡지들을 꺼내어 훑어보고는 다시 원래 자리에 되돌려놓기도 했다. 이느 정도 그런 잉대기 지속되자 그는 방문을 열고 거실, 부엌, 안방, 화장실을 차례차례 떠다 녔으며, 더는 재미가 없다고 느껴질 때쯤에야 바닥으로 내려왔다.

내가 날아다니는 걸 친구들이 본다면 모든 게 달라질 텐데. 그는 생각했다. 사람들 앞에서도 떠오를 수 있도록 연습을 해야겠다고 마음먹었다. 그는 수업 시간에 눈을 감고, 집중해서 교실 안을 둥둥 떠다니는 상상을 했다. 그러자 그의 엉덩이가 의자에서 1센티미터 정도 떠올랐다. 다음 날에는 좀 더, 좀 더 높게. 뒤에 앉은 아이가 그의 어깨를 두드렸다. 너 때문에 칠판이 안 보이잖아. 푸시시, 그는 바람 빠진 풍선처럼 의자에 내려 앉았다.

쉬는 시간이었다. 아이들이 삼삼오오 모여 수다를 떨고 있었다. 그는 심호흡을 하고, 자리에서 일어나 창가로 다가갔다. 창문을 열었다. 아무도 그를 쳐다보지 않았다. 그가 창틀 위에 올라서자, 그제야 아이들이 놀란 눈으로 그를 쳐다보았다. 교실은 2층이었다. 그는 눈을 감고, 창문 밖을 날아 사뿐히 화단에 내려앉는 상상을 했다. 그러고는 허공에 발을 내디뎠다.

그는 날고 있었다. 그는 두 팔을 새의 날개처럼 벌린 채 운동장을 한 바퀴 돌았다. 아이들이 창밖으로 몸을 내민 채 소리를 지르고 있었다. 그는 이순신 장군 동상 꼭대기에 잠시 앉아 쉬려다가 투구가 너무 뾰족해서 다시 날아올랐다. 농구 골대 링 위에 사뿐히 엉덩이를 대고 앉았다. 교실 창문마다 그를 구경하는 아이들로 빼곡했다. 그는 링 위에서 가볍게 뛰어 내려와 바닥에 착지한 뒤 체조선수들이 하는 것처럼 멋진 포즈를 취했다. 우렁찬 박수 소리가 들려오는 것 같았다.


그가 눈을 떴을 때, 그곳은 병원이었다. 오른쪽 다리만 부러진 것은 다행이었다. 도대체 왜 그런 짓을 한 거냐고 가족들이 그를 추궁했다. 나는 날 수 있어요. 정말로 날 수 있어요. 그렇게 말하는 대신 그는 입을 굳게 다물었다. 몸이 예전보다 더 가벼웠다. 혹은 더 투명해진 걸까. 모두 잠든 밤에, 그는 침대 위로 두둥실 떠올라 병실 안을 떠다녔다. 함께 병실을 쓰는 사람들의 잠든 얼굴을 하나하나 내려다보았다.

그때였다. 한 여자아이가 눈을 동그랗게 뜬 채 그를 올려다보고 있었다. 쉿, 하고 그는 검지를 입에 가져다 댔다. 여자아이가 고개를 끄덕였다. 그는 아이의 침대 곁에 사뿐히 내려앉았다. 여자아이는 호기심이 가득한 눈빛으로 그를 바라보았다. 그는 그런 아이를 마주 보았다. 심장 뛰는 소리가 들릴 것처럼 고요했다.

문득 여자아이가 침대 옆 냉장고 위에 놓여 있던 바구니에서 귤을 하나 꺼내더니 그에게 건넸다. 그는 침대에 걸터앉아 귤껍질을 깠다. 절반을 여자아이에게 건넸다. 둘은 어둠 속에서 조용히 귤을 먹었다. 그렇게 달콤할 수가 없었다.

# 어떤 휴일

얼마 만의 휴무인가. 더는 견딜 수 없을 때까지 누워 있다가,
겨우 몸을 일으켜 시계를 보니 정오였다. 뭐라도 먹어야지 싶
어 냉장고 문을 열었다가 깜짝 놀랐다. 그 안은 대부분 상했거
나, 시들었거나, 유통기한이 지난 것들로 붐볐다. 냉동실에는
지난여름 잠깐 넣어두었다가 잊어버린 캔 맥주 하나가 꽝꽝
얼어 있었다.

일단은 맥주 캔을 꺼내 햇볕 드는 창가에 올려놓았다. 그러
고는 냉장고 안에 있는 것들을 다 꺼내서 음식물 쓰레기 봉지
에 담기 시작했다. 냉장고 구석에 몸을 웅크리고 있던 양파들

은, 마치 추위를 피하기 위해 서로를 꼭 껴안고 있는 것처럼 보였다. 그것들은 하나같이 초록이라고도 노랑이라고도 할 수 없는 묘한 빛깔의 싹을 틔우고 있었다.

양파의 상한 껍질을 벗겨내고, 싹이 돋은 부분도 잘라냈다. 별로 남은 게 없는 양파를 슬라이스로 잘랐다. 지난 설에 회사에서 받은 식용유를 뿌린 뒤 양파를 굽기 시작했다. 이 식용유를 다 쓰려면 족히 3년은 걸리겠구나, 그런 생각을 하면서.

가장 멀쩡한 양파 하나는 자르지 않기로 한다. 유리컵 하나에 물을 채우고, 그 위에 양파를 올려놓았다. 양파는 변기에 앉은 것처럼 엉거주춤 유리컵 위에 올라앉아 있다. 맥주 캔을 치우고, 그 자리에다 유리컵을 놓는다. 햇빛이 잔을 통과하고, 양파는 통과하지 못한다. 그래서 양파는 그림자마저 엉거주춤 공중에 떠 있다. 퍽 괜찮은 광경이라고 생각하면서 구운 양파를 먹었다. 얼었다가 녹은 밍밍한 맥주와 함께.


설거지를 하고, 내친김에 싱크대와 스토브를 닦았다. 샤워를 하다 말고 욕실 청소를 했다. 그러다가 그냥 대청소를 하기로 했다. 창문을 활짝 열어둔 채로 묵은 먼지를 털어냈다. 이불보를 벗겨 세탁기를 돌렸다. 그리고 빨랫줄에 이불을 널기 위해 옥상으로 올라갔다. 볕이 따끈했다. 오늘 밤엔 보송한 이불에서 자겠구나 생각하니 왠지 기분이 상쾌해졌다.

이불에 배어 있는 햇살의 냄새를 맡아본 것이 아주아주 오래된 일처럼 느껴졌다. 어릴 적 엄마는 굳이 빨래를 하지 않더라도, 해가 좋은 날이면 곧잘 이불을 내다 널어서 온종일 햇볕을 쬐도록 했다. 그러고 나면 이불은 마치 제 안에다 햇빛을 저장해놓은 것처럼 한동안 따뜻하고 부드러웠다. 부인할 수 없는 봄 햇살 아래서, 나도 진즉에 광합성을 좀 많이 해둘걸, 약간은 그런 생각을 했다. 이렇게 종종 햇볕 아래 아무 생각 없이 늘어진 채로, 내 안에 어떤 온기 같은 것을 잔뜩 저장해두었어도 좋았을걸. 그랬다면 좀 산뜻하고 보송보송한 사람이 되었을지도.

이불이 마르는 동안, 방으로 돌아온 나는 벽에 등을 기대고 앉아 졸기도 하고 깨어 있기도 했다. 바깥세상의 소리들이 조그만 창틈으로 비집고 들어왔다. 하지만 방 안은 이미 한 종류의 고요로 가득 차 있어, 그 소리들은 물속에서 듣는 것처럼 흐릿하고 먹먹하게 들려왔다.

모처럼의 휴일이 조용히 사라져간다. 모래시계의 모래알들이 누가 지켜보지 않아도 가만가만 떨어져 내리듯이. 어떤 하루가 어딘가의 사이를 조용히 빠져나간다. 방 안이 가만가만 어둑해진다.


이불을 걷으러 다시 옥상에 올라가자 하늘이 미묘한 빛깔로 사위어가고 있었다. 낮과 밤의 경계에 나 홀로 서 있는 느낌. 해가 이쪽에서 저쪽으로 넘어가는 동안, 나는 내가 살아 있는 쪽에서 살아 있지 않은 쪽으로 비스듬히 발을 걸치고 있는 것만 같다고 느꼈다.

옥상에는 주인 할머니의 간이 텃밭이 있었다. 그러니까 여러 개의 화분에 여러 가지 식물들이, 계절을 따라 꽃을 피우고 열매를 내느라 분주했다. 마음이 착잡할 때면, 그 부지런한 화분들 곁에 나란히 앉아 있는 것만으로도 곧 기분이 괜찮아지곤 했다. 그곳에는 하늘색의 목욕탕 의자가 하나 있었으므로, 나는 종종 그 조그만 의자에 엉덩이를 걸치고 앉아 플라스틱 화

분에 담긴 상추와 고추와 방울토마토 같은 것들이 화분만 하게 자라나고 결국에는 화분보다 크게 자라나는 것을 지켜보았다.

그것들은 언제나 분명하게 자라났다. 자라지 않거나 거꾸로 줄어드는 법 없이 계속해서, 꾸준히 자라났다. 그렇다는 사실에 나는 늘 감동했다기보다는 감탄했다. 흙을 만지며 살면 어떨까 생각했다. 그러면 한가할 새도 없고 쓸쓸할 새도 없을 텐데. 엄마를 보면 그랬다. 일단 땅에 심으면 그 순간부터 그게 전부 다 자식이 되는 거였다. 동물이든 식물이든 다 제가 알아서 크는 거라고 말하면서도 단 하루도 쉬는 법이 없었다. 흙을 엎고, 이랑을 만들고, 종자를 심고, 거름을 주고, 잡초를 뽑고…… 하나의 녹색이 태어나서 자라고 흙으로 돌아가기까지의 일생 전부에 처음부터 끝까지, 계절마다 깊숙이 관여하는 것이었다.

혼자서는 도무지 할 수 없을 것 같은 그 모든 일들을 엄마는 늘 혼자서 척척 해냈고, 그렇다는 사실에 자부심을 가지고 계셨다. 하지만 엄마는 내 손에는 절대로 흙을 못 묻히게 했다. 조금이라도 도울라치면 책상에 앉아서 공부나 하라고 역정을 내셨다. 엄마는 언제나 내게 그렇게 말했다. 시대가 바뀌었으니 너는 너의 시대를 살라고. 지금 내가 살고 있는 나의 시대는 이런 것이었다. 나는 불행해지지는 않았지만, 행복하지도 않았다.

저 멀리 건물들의 창에 하나둘씩 불이 켜졌다. 도대체 얼마나 많은 젊음들이 이곳에서 그들의 시대를 살고 있는 것일까. 누군가 말하는 것을 들었다. 이곳은 청춘의 무덤이라고. 젊은 이들로 북적거리는 이 동네는, 그럼에도 불구하고 어쩌면 여기 화분의 식물들보다도 고요한 것처럼 느껴졌다. 하지만 가까이에서 보면, 살아 있었다. 미세하지만 분명한 성장의 열기를 들을 수 있었다. 좁은 화분에 한꺼번에 심겨 있어도 결국엔 화분을 터트릴 듯이 자라나는 묘목들처럼.

방으로 돌아온 나는 이불을 개키다 말고 거기 그대로 몸을 묻었다. 옅은 세제 냄새와 남아 있는 햇볕의 온기에 금세 나른해졌다. 나는 잠시 그렇게 이불 덩어리에 기댄 채로, 어둑해져가는 방 안에서 어슴푸레 드러난 내 초라한 살림살이들의 윤곽을 바라보았다.

그때, 창가에서 마지막 햇살을 받아 빛나고 있는 양파가 눈에 들어왔다. 나는 몸을 일으켜, 필통에서 매직펜을 꺼냈다. 그리고 창가로 다가가 양파에다가 점 두 개와 선 두 개를 그었다. 영락없이 웃는 얼굴이었다.

양파 꽃은 어떻게 생겼을까. 이 양파가 무사히 자라나서, 내게 꽃을 보여주면 좋겠다고 생각했다.

# 운석 사냥

이렇게 빨리 뭔가를 결정해본 것은 태어나서 처음이다.

일을 그만두겠다고 하자 사장님은 아무 말 없이 고개를 끄덕이고는, 내 어깨를 툭툭 두드렸다. 그러나 나는 사장님의 얼굴에 안도의 기미가 스치는 것을 분명히 보았다. 이해한다. 나라도 그럴 것이다. 몇 달 전 AI 파동이 일었을 때, 가게는 의외의 호황을 맞았다. 결코 치킨을 포기할 수 없었던 사람들이 수입산 닭을 쓰는 가게로 몰리기 시작한 것이다. 배달 주문에 비해 상대적으로 적었던 홀 손님이 부쩍 늘었다. 사장님 얼굴에서는 빛이 났고 나는 정신이 하나도 없었다. '국내산 X 브라질

산 닭 씁니다'라고 적힌 커다란 현수막을 가게 앞에 걸어둔 지 일주일이나 되었을까, 브라질 부패 닭 파동이 닥쳤다. 사장님은 좀처럼 운이 없다.

나는 운이 좋은 편이다. 원하던 대학에는 못 갔지만 내가 졸업한 학교도 제법 이름은 있다. 비록 학자금을 대출하긴 했지만, 기숙사 추첨에 뽑혀 졸업할 때까지 집세 부담을 덜었으며, 6년째 취업에 실패했지만 나만 그런 건 아니니까. 아침 일찍 일어나 찬물로 세수를 하고, 그 자리에 붙들린 것처럼 서 있는 시간이 점점 길어지고는 있지만, 서서히 닳아 없어지는 비누를 보며 언제까지 이렇게 살 수 있을까 생각하기는 하지만, 어쨌든 살아 있다. 심지어 어제오늘 떠들썩하게 뉴스를 장식하고 있는 바로 그곳이 나의 고향이다. 10년 전 내가 떠나온 곳.


어제저녁, 사장님과 나는 썰렁한 홀에 앉아 일일드라마가 흘러나오는 텔레비전에 시선을 두고 있었다. 그때 뉴스 속보가 떴다. P시 상공에서 유성체 폭발. 나는 어, 어, 했고 사장님은 깜짝 놀라 돌아보았다. 고향이에요, 내가 말하자 사장님은 리모컨을 들어 채널을 돌렸다. 뉴스 화면에 익숙한 P시의 실루엣이 떠올라 있었다. P시는 분지라서 사방이 온통 산이다. 360도 이어지는 능선의 굴곡을 나는 눈 감고도 그릴 수 있다. 그런데 지금 그 위로 하얀 빛 덩어리들이 연기를 내뿜으며 떨어져 내린다. 누군가가 휴대폰으로 촬영한 영상이다. 사방이 대낮처럼 환하다. 화면이 흔들리고, 유리창이 깨진다. 사람들이 소리를 지른다.

P시 상공 30킬로미터에서 폭발한 이 지름 40미터의 유성체는, 크기가 애매해서 미리 탐지가 안 됐다고 한다. 폭발하지 않은 채로 떨어졌다면 지금쯤 P시의 일부는 완전히 사라졌을지도 모른다. 확인된 사망자는 총 여섯 명이고, 200명가량이 다쳤다. 부상은 충격파로 인한 뇌진탕이나 깨진 유리에 베인 자상이 대부분이라고 했다. 옅은 화상을 입은 사람들도 꽤 있었다. 유성체가 거의 태양 온도에 가까운 섭씨 6천 도로 가열된 채 대기권으로 진입했기 때문이다.

무엇보다 특히 피해가 심한 지역은 ○○면 일대로, 운석우가 집중적으로 떨어진 곳이었다. 10년 전까지 내가 살던 곳. 커다란 운석 덩어리가 송전탑을 넘어뜨려 건물 몇 채가 무너졌고, 사망자도 주로 그 동네에 집중되어 있다고 했다. 정전이 계속되고 있으며, 전화도 인터넷도 불통이었다. 그런 뉴스도 잠시, 얼마 안 가 포털 메인을 장식한 것은 바로 운석에 관한 기사들이었다. 이 유성에서 떨어진 운석의 성분이 바로 금강석과 일치한다는 것. 그러니까 P시 위로 쏟아져 내린 그 돌멩이들은 그냥 돌멩이가 아니라 다이아몬드였다. 심지어 이 우주 다이아몬드는 지구의 것과는 결정 구조부터가 달라 경도가 더 강하며, 그 가치가 1그램당 7천만 원에 이른다는 소식. P시로 가서 운석 사냥을 하겠다는 댓글들이 기사마다 줄줄이 달려 있었다. 벌써 송전탑 근처에는 운석 파편을 주워보려는 사람들로 인산인해라고 했다.

현재 발견된 것 중 가장 큰 운석은 무려 600킬로그램으로, 시에서 나온 사람들이 재빨리 수거해갔다. 모니터 화면 속 거대한 다이아몬드는 내가 보기엔 그저 커다랗고 울퉁불퉁한 바윗덩어리였다. 나는 한참 동안 그 사진을 노려보다가, 결심했다. 누구나 운석 사냥꾼이 될 수 있다면 나라고 못 할 게 있나.

나는 운이 나쁜 편은 아니다. 이 드넓은 지구에서 하필 내가 살던 동네 위로 다이아몬드 비가 쏟아지다니, 이건 오히려 어떤 계시에 가깝다. 나는 젊고 튼튼하다. 그저 발품을 팔면 될 일이다. 눈을 부릅뜨고, 발품만 팔면 되는 것이다.

월세방을 뺐다. 통장에는 보증금 500만 원과 마지막 아르바이트비를 합친 액수가 들어 있다. 이건 내 전 재산이자 미래를 위한 투자금. 나는 등에 착 달라붙는 배낭과 가벼운 패딩 점퍼와 거위 털 침낭을 샀다. 알람 및 만보기 기능을 탑재한 전자손목시계와 가벼운 손전등, 휴대용 라디오를 구입했다. 30개들이 에너지바 한 박스와 맥가이버 칼을 샀다. 총 65만 7천 원을 썼다. 이것이 탕진의 재미로구나.

P시 시외버스터미널에 도착했다. 나처럼 배낭을 메고 있는 사람들이 제법 눈에 띄었다. ○○면 쪽으로 가는 시내버스는 일시적으로 운행이 중지되었다고 한다. 그래서 택시를 잡았다. 라디오에서 이번 폭발에 관한 뉴스가 계속해서 흘러나오고 있었다. 나는 옛날 집 주소를 불렀다.

댁도 운석 사냥꾼이요?

뒷머리가 벗겨진 택시 기사가 백미러로 나를 넘겨다보며 물었다.

할머니가 거기 사세요.

내가 말했다.

할머니랑 연락은 된 거요? 그 동네에 지금 아무도 없어.

기사가 말했다. 내가 아무런 대답도 하지 않자 기사도 더는 말이 없었다.


○○면 일대로 접어들자 땅거미가 내리기 시작했다. 가로등 불빛이 사라진 도로는 눅진한 어둠에 덮여 있었다. 창밖으로 군데군데 부서진 건물들이 보였다. 가로수 몇 그루도 허리가 꺾여 있었다. 계절은 봄이었지만, 한차례 폭격이 지나간 듯한 이곳 풍경은 황폐하기만 했다. 살아 있는 것은 하나도 보이지 않았다. 마을 어귀에 도착해 택시에서 내렸다. 택시요금은 1만 2천 원이 나왔다. 운석을 찾을 수만 있다면, 이 정도는 푼돈이었다.

나는 내가 살던 집 쪽을 향해 걸었다. 부모님이 돌아가신 뒤 스무 살이 될 때까지, 나는 그곳에서 할머니와 둘이 살았다. 평범하고 낡은 시골집이었다. 어릴 나는 뒷마루에 앉아 멀리 능선을 물들이는 노을을 바라보는 것을 좋아했다. 할머니는 매일 묵묵히 뭔가를 심고, 열매를 거두고, 그것들을 절이고 담그고 말리고, 내다 팔았다. 그런 할머니가 다른 작물들과 마찬가지의 정성으로 나를 키웠다. 물론 그때 나는 그것이 줄곧 지루했고, 떠날 궁리만을 했으나 몇 년 전 할머니가 돌아가셨을 때는 뿌리가 뽑힌 것 같은 기분이었다. 정말로 불행하다고 느낀 것은 그때가 처음이었다.

할머니가 지금껏 살아계셨다면, 운석우가 쏟아졌다고 해도 그냥 그대로 집에 계셨을 거다. 이맘때쯤엔 씨감자를 심느라 한창 바쁘셨겠지. 할머니는 혼자 밭에서 일하다 말고 쏟아지는 빛의 파편들을 올려다봤을 것이다. 살다 보니 별일도 다 있다, 하고 계속 감자를 땅에 파묻었겠지. 바로 옆으로 다이아몬드 덩어리가 떨어져도 할머니는 그걸 주워서 힘껏 던져버렸을 게 분명하다. 그러나 나는 그럴 수가 없다. 나는 그게 필요하다. 싸

구려 향기가 나는 세숫비누가 아니라, 그 단단하고 빛나는 돌덩어리가.

할머니와 내가 살았던 흔적은 하나도 남아 있지 않았다. 낡은 집이 사라진 자리에는, 돈을 들인 것은 분명한데 멋없게 지어진 전원주택 하나가 들어서 있었다. 나는 울타리를 타고 넘어 마당 안으로 들어갔다. 줄에 묶인 백구 한 마리가 나를 보고 맹렬히 짖어댔다. 마당 구석에 서서 잠시 기다렸다. 안에서는 아무런 반응이 없었다. 현관으로 다가가 문고리를 돌려보았다. 잠겨 있었다. 창틀에 유리 대신 붙여놓은 신문지를 뜯어내고 안으로 들어갔다. 백구는 계속해서 짖다가 내가 눈앞에서 사라지자 끙끙거렸다. 나는 가방에서 손전등을 꺼냈다. 거실 벽에 걸려 있는 커다란 가족사진이 눈에 들어왔다. 머리가 희끗희끗한 노부부와 젊은 부부, 네댓 살쯤 되어 보이는 아이 하나가 카메라를 보고 웃고 있었다.

심장이 두근거렸다. 나는 방문을 차례로 열어보았다. 아무도 없었다. 손전등 불빛을 여기저기 비추어보았다. 값비싸 보이는 물건은 하나도 없었다. 도둑질을 하려는 건 아니었지만, 아무튼 그랬다. 나는 식탁 앞에 앉아 손전등을 내려놓고 미리 인쇄해온 P시의 지도를 펼쳤다. 형광펜으로 그어놓은 동그라미가 운석우가 떨어진 것으로 여겨지는 영역의 경계였다. 이 집은 그 원의 거의 중앙에 있다. 원 안에는 동심원처럼 나선형의 붉은 선이 그어져 있다. 그 선은 바로 이곳에서 출발해 원의 가장자리까지 나아간다. 나는 그 선을 따라 이 일대를 찬찬히 훑을 것이다. 해가 뜰 때 출발해서 해가 질 때까지 쉬지 않고 이동할 것이다. 어두워지면 아무 데나 누워서 잠들 것이다.

배가 고파진 나는 냉장고를 열어보았다. 전기가 끊긴 지 한참이라 악취가 풍겼다. 먹을 만한 것은 하나도 없었다. 부엌 찬장을 뒤져 참치 캔 두 개를 찾아냈다. 그중 하나를 들고 마당으로 나가 비어 있는 개 밥그릇에 부어주었다. 백구는 꼬리를 빠르게 흔들며 허겁지겁 참치를 먹었다. 나는 도로 들어가 빈 대접에 물을 한가득 담아왔다. 그리고 개의 목줄을 풀어주었다. 녀석은 갑자기 얻은 자유에는 아랑곳하지 않고 맹렬하게 목을 축였다. 안으로 들어온 나는 참치 캔을 하나 더 열어 밥숟가락으로 퍼 먹었다. 짭짤하고 고소했다. 손목시계 알람을 맞춘 뒤, 빈 거실에 침낭을 펼치고 안으로 들어갔다. 거위 털은 폭신하고 따뜻했다.

알람도 못 듣고 꿀잠을 잤다. 신문지를 떼어버린 창문에서 햇살이 쏟아져 들어왔다. 나는 한동안 멍하니 누워 있다가, 겨우 정신을 차리고 침낭에서 빠져나왔다. 시계를 보니 오전 11시가 가까워 있었다. 어이가 없었다.

짐을 챙겨 밖으로 나서자 온 사방이 고요했다. 이곳에서 유성이 폭발했다고? 전부 거짓말 같았다. 4월의 햇살은 눈부시고 따뜻했지만 바람은 아직 차가웠다. 나는 점퍼의 지퍼를 턱 밑까지 올리고 손을 주머니에 넣은 채 걸었다. 풍경은 별로 달라진 게 없었다. 예전에도 이 동네는 논밭이 대부분이고 띄엄띄엄 인가가 있을 뿐이었다. 새로 지은 전원주택 몇 개가 눈에 들어왔지만, 정장을 차려입은 채 밭을 매고 있는 사람처럼 어색하기만 했다.

신선한 공기에 나도 모르게 기분이 상쾌해졌다. 침낭이 달린

커다란 배낭만 없다면 나는 그냥 산책 중이라고 해도 좋을 것이었다. 하지만 정신 차리자. 운석을 찾아야 한다. 그런데 두리번거리는 것밖에는 할 수 있는 게 없었다.

여기 오기 전, 나는 운석의 특징에 관해 여러 정보를 수집하고 사진들을 꼼꼼히 살펴보았다. 그런데 막상 길바닥에 놓여 있는 돌멩이들은 죄다 사진 속 다이아몬드와 비슷해 보였다. 수상하게 생긴 돌덩어리를 보면 발로 툭툭 건드려 보기도 했다. 하지만 점차 모든 돌덩어리가 수상해 보이기 시작했다. 유난히 새까맣고 표면이 거칠어 보인다 싶은 게 있으면 쪼그리고 앉아 한참을 들여다봤다. 그래도 좀처럼 확신할 수가 없었다. 내가 이렇게 들여다보다가 두고 간 이 돌멩이가 바로 운석이면 어떻게 하지?

그때 멀리 백구 한 마리가 쪼그리고 앉은 나를 향해 뛰어오는 게 보였다. 내가 어젯밤 풀어준 녀석인 것 같았다. 녀석은 귀를 쫑긋 세운 채 땅콩밭 사이를 가로질러 나에게로 오고 있었다. 녀석이 운석 탐지견이라면 얼마나 좋을까. 나는 무시하고 그냥 걸었다. 녀석은 계속해서 나를 따라왔지만, 아주 가까이 다가오지는 않았다. 그렇게 얼마쯤 걷다가 나는 밭에서 웅크리고 뭔가를 심고 있는 할아버지를 만났다. 아무도 없다더니, 깜짝 놀랐다. 하지만 할아버지는 나를 힐끗 보더니 다시 고개를 숙이고 묵묵히 일을 계속했다. 웃음이 났다. 우리 할머니 같은 분이 분명 이 동네에 열댓 명은 더 있을 거다.

산길로 접어들고 있었다. 비싼 돌멩이고 뭐고, 나는 그냥 걷고 있었다. 지도고 뭐고 그저 길이 보이는 대로 걸었다. 길이 없는 곳에서는 나뭇가지를 헤치며 걸었다. 그러다 보면 또 길이라고 할 만한 것이 나타났다. 신기한 일이었다. 손목시계에는 어느덧 2만이 넘는 숫자가 찍혀 있었다. 평소에 운동이라고는 숨쉬기운동밖에 안 하다가 갑자기 2만 걸음을 걸었더니 다리가 후들거렸다.

나는 아무 바위에나 걸터앉아 배낭에서 에너지바 하나를 꺼냈다. 포장을 벗기자 멀찌감치 떨어져 있던 백구가 꼬리를 흔들며 다가왔다. 나는 들고 있던 것을 통째로 녀석에게 줘버렸다. 그리고 새로 하나를 뜯어 입에 넣고 천천히 씹었다. 이미

제 몫을 다 먹은 백구는 내 발밑에 몸을 동그랗게 말고 누웠다.
작은 구멍을 파고, 거기 씨감자를 심던 할머니의 웅크린 등이
떠올랐다. 그때 어디선가 짙은 라일락 향기가 풍겨왔다. 향기
의 근원을 찾아 두리번거렸다. 그제야 보였다. 나무마다 연한
새잎이 돋아나고 있었다.

유성이 떨어졌다고?

식물의 일은 유성 따위와는 아무 상관 없었다.

# 해결사

계단을 오르다 말고 승철은 하늘을 올려다보았다. 숨이 찼다. 이 계단은 올 때마다 매번 조금씩 더 가팔라지는 것 같다고 승철은 생각했다. 초승달이 떠 있었다. 그리고 그 곁에 묘한 푸른빛을 띤, 외울 수도 없는 이름을 가진 별이 여전히 빛나고 있었다. 내일이면 지구를 박살 낼 예정인 그 별은 어제보다 훨씬 컸고, 어제보다 아름다웠다. 승철은 홀린 사람처럼 한참 동안 서 있었다. 의외로 세상은 고요했다. 일종의 체념을 닮은 묵직한 침묵이 온 동네를 한 겹 덮고 있는 듯했다.

승철은 계단을 마저 올라갔다. 칠이 벗겨진 녹색 대문은 잠겨 있지 않았다. 현관문에서 불빛이 새어 나오는 게 보였다. 승철은 현관문을 두드렸다. 두어 번 두드렸을 뿐인데 금세 문이 열리고 지훈이 얼굴을 내밀었다

웬일로 집에 붙어 있네.

승철은 신발을 신은 채 성큼 방 안으로 들어섰다. 방 안에는 고기 굽는 냄새가 진동했다. 한 손에 집게를 든 지훈이 승철을 향해 고개를 꾸벅 숙였다. 승철은 지훈의 머리통을 한 대 후려치려다 그만두었다. 방 한가운데 접이식 테이블이 펼쳐져 있었고 그 위에 버너와 불판이 놓여 있는 것이 보였다. 그 곁에는 3분의 1쯤 비어 있는 소주병과 상추가 수북하게 담긴 접시가 있었다. 벌건 고기가 담긴 비닐봉지도 입을 벌리고 있었다.

고기 사 먹을 돈은 있냐.

승철은 어이없다는 듯 한마디 내뱉고 침대 위에 걸터앉았다. 지훈은 대답 대신 능청맞게 웃었다. 행정고시 문제집들이 한쪽 구석에 되는대로 쌓여 있었다. 조그만 창문으로 연기가 꾸역꾸역 빠져나가는 것이 보였다.

식사는 하셨습니까.

지훈은 그렇게 묻고는 싱크대 서랍장을 뒤적여 중국집 이름이 박혀 있는 나무젓가락을 하나 꺼냈다. 그러고는 포장을 벗기고 젓가락을 조심스럽게 반으로 쪼갠 뒤 승철에게 건넸다. 지훈은 손을 떨지 않았다. 승철은 그런 지훈을 잠시 빤히 쳐다보다가 순순히 젓가락을 건네받았다. 지훈은 슬며시 웃더니 테이블 앞에 앉았다. 그러고는 불판 위에 두툼한 생삼겹을 올려놓았다.

　이리 내려와 앉으십시오.

　지훈이 말했다. 승철은 이번에도 순순히 침대에서 내려와 지훈과 마주 앉았다. 지난번 만났을 때 지훈은 며칠째 면도도 못하고 머리도 못 감았는지 꾀죄죄하기가 이를 데 없었다. 게다가 곧 승철을 포함한 몇몇에게 두들겨 맞은 터라 꼴이 말이 아니게 되었었는데 오늘은 제법 멀끔했다. 그리고 젊었다. 승철은 줄곧 도수 높은 안경을 쓴 지훈이 샌님 같아 보인다고 생각했지만, 오늘따라 약간은 지적으로 보였다. 자기에게 시달리지만 않았다면 올해는 시험에 붙었을지도, 그래서 높으신 양반이 되었을지도 모를 일이었다고 승철은 생각했다.

부장님은 오늘까지도 일하십니까.

지훈이 흘러내린 안경을 밀어 올리며 물었다.

그래서 뭐 불만 있어?

승철이 말했다. 그러자 지훈이 고개를 가로젓더니 가위로 익은 고기를 자르기 시작했다. 승철은 빈 소주잔에 소주를 따라 한입에 털어 넣었다. 다시 잔을 채워 지훈에게 건네자 지훈도 말없이 받아 마셨다.

제가 지금 얼맙니까?

지훈이 물었다.

700.

승철이 대답했다.

두 사람은 잠시 묵묵히 고기를 집어 먹었다. 씻지도 않은 손으로 상추쌈을 싸다 말고 승철이 물었다.

상추는 씻었냐?

아뇨, 하고 지훈이 웃었다. 승철은 쌈을 입에 욱여넣었다.

곯아떨어진 지훈을 힘겹게 끌어다 침대에 눕혔다. 전등 스위치를 내리자 방 안이 어두컴컴해졌다. 승철은 벽에 등을 기대

고 앉아, 조그만 창문으로 흘러 들어오는 달빛을 바라보았다. 거기에는 푸른 별의 기운이 섞여 있었으나 그건 차갑지도, 무섭지도 않았다. 지훈이 코를 골기 시작했다. 승철은 조용히 현관문을 닫고 방을 빠져나왔다.

내일이면 모든 게 다 해결될 것이다.

승철은 그렇게 생각하며 걸음을 떼었다.

# 눈썹달

그의 첫인상은 그러니까, 누가 고시생 아니랄까봐 하는 그런 느낌이었다. 설명하기는 어렵지만 뭔가 고기를 사 먹이고 싶은, 옷을 다려 입히고 싶은 그런 느낌 말이다. 하지만 그런 정도가 고시생들의 보편적인 피폐함이라면, 그에게는 뭔가 독보적인 것이 있었다. 뭐랄까, 선조로부터 물려받았을 것만 같은 그런 피폐함이랄까.

적당히 충혈된 눈과 피곤이 잔뜩 가라앉아 있는 눈썹. 잠이 덜 깬 듯한 말투와 차라리 안 웃는 게 낫겠다 싶은 힘 쭉 빠지는 웃음. 사흘 정도 면도를 거른 것 같은 턱수염과 딱 사흘 전쯤 이발소에 갔어야 할 것 같은 그런 머리 기장. 그리고 무릎 뒤편의 치명적인 바지 주름까지. 태어날 때부터 그랬던 건 아닐까 싶을 정도로 자연스러웠다. 내가 그 순간 그에게 조금이라도 반했다면, 아마도 그건 그의 피폐함 때문이 아니라 바로 그 자연스러움 때문이었을 거다.

내가 살던 자취방은 신림10동에 있었고, 그는 신림9동에 있는 고시원에서 살았다. 그 사이 딱 중간 지점이라고 할 만한 곳에 조그만 초등학교가 하나 있었다. 그 초등학교는 운동장을 공원화해서 주민들에게 사시사철 개방해두고 있었다. 운동할 만한 곳이 딱히 그곳밖에 없었으므로, 해 질 무렵이면 온 동네 주민들이 하나둘씩 그곳으로 모여들기 시작했다. 그래서 다들 운동장을 돌라치면 결국엔 한 줄 기차처럼 되어버리는 것이었다. 그와 나는 건강해지려고 운동하는 사람들을 바라보는 것만으로도 왠지 건강해질 것만 같은 기분이 들었기 때문에, 이따금씩 스탠드에 나란히 앉아서 꼬리잡기하듯 운동장을 돌고 있는 사람들의 행렬을 재밌어하며 지켜보곤 했다.

이맘때쯤이었던 것 같다. 그날은 그가 행정고시 1차 시험에 두 번째로 떨어지고 나서 피폐함이 극에 달해 있을 때였다. 불합격 통보를 받고 나서 몇 주간, 그는 모든 의욕을 상실한 채로 고시원의 장판과 혼연일체가 되어 있었는데, 그날 겨우 몸을 일으켜 나를 만나기로 했었다. 우리는 근처 편의점에 들어가, 평소에 먹던 저가의 캔맥주를 뒤로한 채 비싼 수입 맥주를 골랐다. 안주도 평소 먹던 숏다리 대신에 치즈가 듬뿍 들어간 육포를 샀다. 비닐봉지를 흔들면서 학교까지 걸었다. 하늘에는 가느다란 눈썹달이 걸려 있었다. 어둠이 달에게서 아주 겨우 비켜나 있었다.

저게 초승달이야, 그믐달이야?

내가 물었다.

글쎄. 그는 잠깐 고민하더니 그믐달이야, 하고 대답했다.

오른손을 펴보라고 그가 말했고 나는 순순히 손가락을 폈다.

오른손 엄지손톱 모양이 그믐달이야. 초승달은 반대고.

나는 엄지손톱을 달의 윤곽에 맞춰보았다.

진짜야?

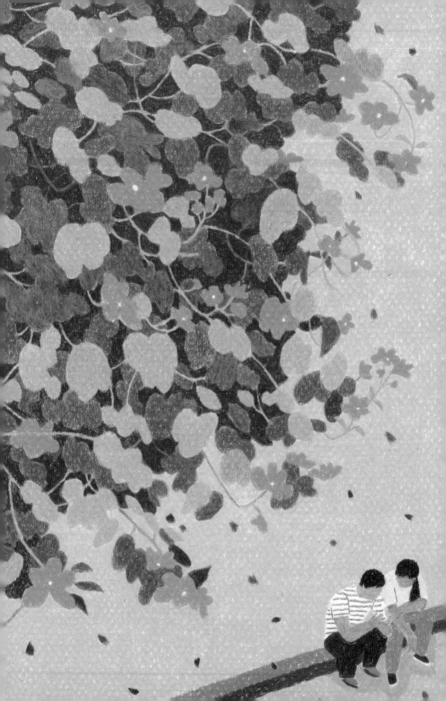

진짜지, 그럼.

그가 웃었다. 사실 정말로 궁금했던 건 아니었다. 그냥 달이 아름답다고 말하고 싶었을 뿐.

꽤 늦은 시각이었는데도 사람들이 운동장을 달리고 있었다. 농구공이 바닥에 부딪히는 소리가 쿵쿵, 하고 리듬감 있게 들려왔다. 우리는 스탠드에 자리를 잡고 앉아서, 가로등 불빛 아래 끝없이 운동장을 돌고 있는 사람들을 바라보며, 맥주를 홀짝이며, 난데없이 우주를 생각했다.

어둠 속에서 모두가 각자의 궤도를 계속해서, 계속해서 돌고 있었다. 이렇게 거의 지루할 정도로, 같은 궤도를 돌고 또 도는 것은 그야말로 우주의 이치인 거라고 생각했다. 그러니까 우리의 날들이 비슷한 패턴으로 반복된다고 해서 그다지 의아해하거나 불행해할 필요는 없는 거라고. 우리는 우리의 궤도를 따라 그저 이 우주를 끝없이 돌고 또 돌다가, 달 같은 위성을 만나 끝까지 함께 가면 되는 게 아닌가 하고.

그의 어깨에 가만히 몸을 기댔다. 그가 나의 위성일지도 모른다고 생각했다. 아니, 아무래도 상관없었다. 우리가 그저 잠시 여기서 궤도가 엇갈려, 서로의 인력에 잠시 몸을 맡겨두고 있을 뿐이래도 상관없다고 생각했다. 그 순간 나는 머릿속에 행복이라는 단어를 떠올렸는데, 그 기분은 퍽 낯설면서도 괜찮은 것이었다.